UNA VITA DI STELLE LIBRARY
Gruppo A.V. Italia S.r.l.
Partita iva 03624001206
COPYRIGHT FRANCESCA TERRAZZINO

EDITO O5 NOVEMBRE 2022, BOLOGNA

Una vita di stelle library,
Gruppo A.V. Italia S.r.l.
Partita iva 03624001206
05 novembre 2022

Ad Anna e Viola
parametri incontrovertibili
del sogno

IL PARADIGMA DELLE OPZIONI VANILLA

FRANCESCA TERRAZZINO

Della stessa autrice

Noi fantasmi che ascoltiamo solo il nostro passato (2003)

Equilibrio liquido (2019)

Tacite assonanze (2021)

Nero rosso bianco sangue (2022)

Capitolo primo

La stanza era buia, in apparenza vuota se non per una piccola sedia da bambino di plastica azzurra, al suo centro.

Era illuminata da una luce che partiva dal tetto.

Si avvicinò alla sedia con l'irrefrenabile desiderio di sedersi su di essa anche se di mole infinitamente più grande. Era una di quelle seggioline di Ikea che si trovano nelle nursery o nei nidi d'infanzia, raccolte intorno a tavoli colorati e alle pareti, disegni di bambini analfabeti che amano incondizionatamente la vita.

Si sedette, fissò il soffitto.

Questo si aprì come il tettuccio di una macchina, rivelando gradualmente un cielo blu terso, un sole intenso probabilmente estivo e qualche nuvola striata di bianco che sporadicamente, spinta dal vento, attraversava la visuale.

Udì in lontananza un verso di animale, acuto e stridente, proveniva dalla botola aperta, da quel cielo estivo, ancora e ancora strideva l'aria come freni logori di automobile, come binari sotto la pressione insistente delle rotaie, come un uccello che vola e richiama i suoi simili, guidandoli nello spostamento ancestrale del nido. La visuale del blu si rannuvolò velocemente da un'apertura alare di almeno quattro metri, passò e scomparve, riportando il sole al suo fulgore, passò sul suo volto e scomparve, accecandolo nuovamente.

Passò e ripassò molte volte per molti volatili che ora si chiamavano l'un l'altro.

Il becco lungo, le ali prive di piume, la grande apertura delle stesse, gli fecero presagire che non fossero uccelli comuni, comuni in quel mondo, in quell'epoca, in quel millennio.

Raccolse le braccia, abbracciandosi stretto, un'aria gelida inondò la stanza, piccoli fiocchi di neve balenarono vicini a lui, la luce di affievolì, il vento ululò come nelle bufere di neve, la temperatura calò di molti gradi. I suoi denti sbatterono violentemente gli uni sugli altri, il corpo tremò ma rimase immobile su quella seggiolina blu da bambini, al centro di una stanza in penombra con nulla al di fuori di lui e di quello squarcio di mondo sipario del suo soffitto.

Pochi minuti, tornò un sole accecante, un caldo africano, gocce di sudore imperlavano la sua fronte, ruggiti n lontananza.

«Voglio alzarmi» proclamò a voce alta.

Il suo corpo obbedì, si alzò dalla seggiolina.

«Voglio uscire da questa stanza»

Le gambe si mossero verso quella che appariva ora come una porta.

«Voglio aprire la porta»

La sua mano impugnò la serratura che prima non c'era, la impugnò e la strinse forte, abbassandola e spingendo per uscire, per ritornare al prima.

«La porta si apre»

La porta cedette.

Vide la sua stanza, un sospiro di sollievo lo tranquillizzò.

«Voglio andare nel mio letto»

Il suo corpo si mosse, e si ricompose nel letto matrimoniale, con le coperte sfatte e scomposte, vagamente maleodoranti di sudore e di salato, sintomo di scarsa frequenza nel lavaggio e di molte notti insonni in cui il corpo si era girato e rigirato in esse.

Si adagiò, chiuse gli occhi e prono con le mani giunte sul petto pronunciò ad alta voce, «Voglio svegliarmi»

Batté forte le palpebre.

Rimase immobile ad assorbire tutti i rumori della stanza, tutti gli odori, tutte le sensazioni che riusciva a carpire nel silenzio e nel buio della quiete.

Nulla, il silenzio della notte lo avvolgeva. Spostò lievemente la testa, alzandola lentamente, osservando la sua stanza.

Una scrivania ingombra di carte, una TV al plasma, un armadio aperto e carico di vestiti spiegazzati. Scarpe per terra, una seggiola di legno, interamente coperta da svariate giacche di lana.

Un comodino con delle medicine e un bicchiere d'acqua ingiallito.

Una abat jour spenta. La finestra aperta, le tende mosse da n leggero venticello notturno, la luce della luna che invadeva delicatamente la stanza.

Era a casa sua, era tornato.

Guardò le sue mani, doveva averne la prova definitiva.

Provò a inserire il suo indice destra nel palmo della mano sinistra. Il polpastrello incontrò la carne e si fermò.

Era sveglio.

«Cazzo che viaggio stavolta!»

Si tirò su dalle coperte, il letto scricchiolò.

Si portò al pc, lo accese, recuperò il file lasciato incompiuto, scrisse *Sogno lucido 22, mi ritrovo per circa un tempo stimato a venti minuti nella preistoria. Sono partito alle 3,06 e ritornato alle 4,22. Per ritornare ho dato ordini al mio corpo a voce alta. Note: il corpo ha reagito alle sollecitazioni del freddo e del caldo come se fosse reale. Ho ancora la camicia intrisa di sudore, del sudore causato dall'aumento di temperatura del sogno.*

Prima di partire avevo programmato di vedere la mia infanzia, sono dunque totalmente uscito fuori tema.

Prese il cellulare, era quasi scarico, da caricare registrò mentalmente, riusciva a comporre il numero e sperare in una telefonata ortodossa.

«Sono io, stavi dormendo?»

Una voce impastata di donna lo accolse.

«Ovvio, è notte»

«Volevo salutarti, mi manchi»

«Tu no e ti prego si smettere di telefonarci di notte, penso sempre che sia la telefonata della polizia o dell'ospedale che mi informino della tua morte, e invece rimango delusa e sei tu!»

«Non fare così…tutto cambierà e finalmente potrò accontentarvi ed esaudire tutti i desideri tuoi e di Gio, come sta? Dorme? Chiede di me?»

«No, non chiede di te, si vergogna e dice che non ha padre ai suoi amici, vuole solo dimenticare, esattamente come me…e poi non sono sola…ti prego smetti di chiamarmi…»

«Non sei sola? Davvero? Chi è? Ti tocca…sì ti tocca sicuramente…ti prego, ti amo! Dammi un'altra possibilità! Risolverò tutto per la nostra famiglia, per noi tre!»

Silenzio.

La linea era stata interrotta.

Francesco si guardò le mani. Tremavano leggermente. Una piccola timida lacrima scivolò sulla guancia e cadde nel nulla.

Si sollevò dalla sedia, era dimagrito molto, aveva mangiato pasti discontinui e nei soliti fast food. Avrebbe dovuto farsi la barba, magari lavarsi, pettinarsi i capelli. Osservò la stanza, un clamoroso disastro.

Si avvicinò al poster di Brook Shield in Laguna Blu, accarezzò il volto giovanile dell'attrice, la bocca piena, le labbra turgide, i capelli castani mossi che ricadevano morbidamente sulle spalle nude. Si eccitò.

«Piccola, tu mi credi vero…io ce la farò, otterrò tutto quello che desidero e lo dividerò con te, piccola mia» Fece scivolare pudicamente la mano sul seno appena coperto dal costume da bagno, accarezzò la pelle che rimaneva nuda e ne seguì i contorni sul reggiseno colorato, quel piccolo triangolino blu che poco poteva coprire di quel seno esuberante di adolescente.

L'altra mano andò al suo membro, fulgido dentro il suo pigiama scolorito. Lo liberò e veloce raggiunse l'orgasmo.

«Piccola, solo tu sai farmi godere così, ti amo tanto, sei la mia sola compagna»

Decise di lavarsi rapidamente poi si buttò sulle coperte malmesse e lasciò che un sonno ristoratore lo catturasse.

Brooke sembrava ammiccare sconsolata ma materna al suo dormire senza sogni.

Ammiccava anche Claudia al suo caffè americano servito nella classica confezione in cartoncino con il coperchio di plastica per mantenerne il calore e l'aroma. Aveva il primo turno quella settimana, sperando che il mercato si comportasse bene e non la costringesse a estenuanti fatiche per coprire gli asset in perdita.

Finanziera, laureata cum laude, stipendiata vergognosamente dalla Private Banking Assurance per cui gestiva clienti a sei cifre in una boutique di acquisti e mantenimenti tra i quali spesso le profittevoli Opzioni Vanilla. Una piccola boutique bancaria, milanese, attiva nel ramo assicuratore. Un business davvero che non poteva cadere, i profitti erano costanti, registravano fino al +3% in un mese netto.

Togliendo le tasse al 26%, rimaneva un capitale davvero interessante e lei lavorava a fisso e a provvigione …ergo stava davvero diventando ricca.

Osservò distrattamente le sue Prada, regalo di S&P, panna, lucide, decolté raffinati con un tacco dieci centimetri che alle volte con i clienti, spiazzava gli interlocutori.

Eppure se si arrivava al suo livello, necessariamente l'eleganza e lo charme dovevano essere acquisiti e padroneggiati.

Si lisciò i lunghi capelli castani, che le ricadevano in morbide onde, il viso ampio, gli occhi blu, intensi, velati da morbide ciglia nere.

Assomigliava vagamente a un'attrice passata di moda, che fu per due generazioni passate un vero sex symbol, esordendo con un unico vero film di successo, Laguna Blu.

Certamente i suoi clienti più attempati non mancavano di ricordarglielo, non desiderava immaginare quali sogni adolescenziali potevano aver partorito ne silenzio delle loro stanzette, immaginandosi con la peccaminosa adolescente del film.

Indossava un morbido vestito in seta, un tailleur pantalone color champagne, allacciato in vita, a scoprire frivolo un top fucsia che a stento copriva il seno abbondante.

Il connubio di deferenza e ribellione, di ordine e vivacità, mascolinità e sensualità la intrigavano quasi quanto l'adrenalina provocata da un buon affare. Il pulsare violento del sangue nelle vene del collo al vedere gli istogrammi salire, i numeri scendere, le sinapsi che veloci elaboravano, iniettando ormoni compensatori, intensificando la possibilità probabilistica che il ragionamento fosse vincitore. Pochi secondi per decidere se perdere denaro o guadagnarne.

Lei vinceva.

Per questo la pagavano bene e poteva permettersi di essere bella e seducente anche davanti ai clienti più importanti e conservatori, almeno finché avesse procurato incrementi importanti. Dopo di allora, ignominia e il nulla.

«Claudia, buongiorno, tocca a te, stamane?»

Il custode le rivolse il solito sorriso radioso.

«Sì Antonio, grazie, mi apri?»

Le doppie porte si aprirono, gli infrarossi registrarono che non portava armi od oggetti pericolosi e la luce verde le diede il benestare a entrare nel sancta sanctorum finanziario.

Una sala trading piccola e circondata da monitor attivi con indici, numeri e grafici, tre sedie, un doccione di acqua fresca.

Essenziale.

«Buongiorno!» pronunciò alla stanza vuota la bella Claudia e probabilmente per alcuni lo sarebbe anche stato.

Capitolo secondo

Francesco si levò alla giornata entrante, era luglio, forse, di un giorno imprecisato.

Zero cibo nel frigo, zero indumenti puliti, zero calzini appaiati.

Decise di cominciare subito a lavorare, Brooke gli aveva dato nuovo vigore.

Sogno lucido numero 23, immagino me stesso navigare in una montagna di denaro vero, banconote da 50 euro, una vera montagna.

Immagino di averlo sempre fatto anche quando ero bambino, immagino me, bambino, che navigo in una montagna di denaro da 50 euro. Immagino che la mia famiglia insieme a me, navigasse in una montagna di denaro vero, che guidasse macchine di lusso, delle Ferrari, tante Ferrari e che vivessimo in un castello! Immagino tutto questo per ricostruire il mio paradigma. Per ristrutturare il subconscio e ricreare nella realtà, parte del sogno lucido.

Inizio ora a pensarlo, mi porto sulla poltrona e penso a questo entrando in tranche. Sono le ore 11 circa, è mattina, non   ho mangiato, né bevuto ma ho dormito tranquillamente senza sogni per circa cinque ore.

Si alzò dal pc, dirigendosi verso la poltrona, in cui sprofondò con un leggero afflato dal corpo.

Chiuse gli occhi e si immaginò figura bambina con gli occhi della mente.

Era di dimensioni più piccole, ma sempre lui, la pelle più liscia, indossava già gli occhiali (*annotarsi nel sogno lucido immaginazioni di un bambino come rappresentazione del mini adulto, anche con occhiali, pancia e calvizie*) era condotto a mano da sua madre. Lei lo amava, gli faceva delle carezze affettuose sulle guance paffute.

Sua madre guidava una Bentley argento, era una donna bella e raffinata, lo faceva salire sull'auto, gli allacciava la cintura di sicurezza, dicendogli che sarebbero andati a spasso per un giretto breve e che si sarebbe divertito. Sarebbe stato come andare a Disneyworld e scendere per le montagne russe.

Lui annuiva, era felice di vedere una mamma bella e affascinante.

La macchina era partita con un rombo soave del motore potente, entrarono ben presto in una galleria lunga, scarsamente illuminata, superavano veloci una serie di camion. Doveva fare la prova di sognare, *(ricordarsi sempre di provare immediatamente la permanenza nel sogno lucido)* inserì l'indice della mano destra nel palmo della mano destra. L'indice penetrava senza sforzo nella materia, fuoriuscendo dall'altra estremità della mano.

Ok siamo dentro!

La galleria si apriva su una caverna immensa, alta come una ruota panoramica e chiusa in ogni suo percorso. Fari appesi lateralmente alle pareti illuminavano un unico punto.

Si avvicinarono con la macchina, esattamente al centro della caverna, nell'unico punto illuminato. La macchina si arrestò, ne scese Francesco bambino, seguito da sua madre. Davanti a lui si apriva una piccola montagnetta di banconote da 50 euro, alta più o meno come lui. Lateralmente a essa, un'altra piramide della stessa altezza di lingotti d'oro da 24 carati. Nell'ultima montagnetta, monete d'oro, antiche e di conio grezzo.

Francesco bambino si buttò sulla montagnetta di banconote, soffici e fragranti come un materasso buono e accogliente. Ne sentiva il profumo, l'odore magnanimo della ricchezza, lo aspirò a pieni polmoni con le narici immerse nel vivace e intenso aroma del denaro.

Si girò e rigirò dentro i pezzi da 50 euro, prendendoli in mano, verificandone l'autenticità e la filigrana, li passò sul volto, sul corpo, ridendo sguaiatamente per un bambino ancora carico di innocenza.

Poi si destò leggermente e si avvicinò alla luminosità emanata dai lingotti d'oro. Mentre si avvicinava alle sue orecchie sopraggiunse un rumore denso e profondo di campana. Un solo battito come se fossero antiche campane tibetane, e di seguito profondo e baritonale il canto OMMMMM. Ancora, campana, OMMMMM, campana, OMMMM…non si ricordava di avere avuto esperienza di preghiera buddista, né da bambino né da adulto. *(segnare entra un elemento promiscuo di cui non conosciamo l'origine)*

«Penso che dovrei condividere questa ricchezza con qualcuno»

Immaginò che dall'auto scendesse un'altra persona.

Una donna sinuosa e bella, dolce e arrendevole.

La portiera si aprì, la bramosia s'impadronì totalmente di lui, una gamba di donna comparve, velata da un collant nero, un tacco importante ne esaltava le caviglie sottili, poi scese un'altra gamba, poi il corpo e il volto. Era la sua ex moglie.

Si avvicinò a lui bambino. Lo guardò sprezzante e cupida.

«Stupido essere vermiforme, questi sono miei! Me li devi per allevare l'aborto che hai concepito con me e che purtroppo ti assomiglia. L'aborto che diventerà un perdente come te e che ancora non riesco ad allontanarti…»

(sveglia sveglia subito, SUBITO, il sogno deraglia)

«No sono miei, vattene megera, ti ho amata, mi hai tradito con un pezzente per quattro spiccioli, sono miei e di mio figlio, o forse per riconquistarti, te, la mia vita, il mio onore…» le ultime parole si persero in un singhiozzo, Francesco si coprì il volto, si accucciò nella montagna di banconote e pianse.

La madre si avvicinò, «Piccolo mio, sei sempre stato una frana, anche quando non sapevi parlare, era tutto difficile, tu sei difficile, non potrai mai fare quello che vuoi, perché il tuo paradigma è questo, guarda tu stesso, guarda piccolo Francesco…»

I soldi erano spariti, si trovava in una cucinetta piccola e angusta, un pentolino bolliva con all'interno un uovo. Strofinacci unti erano appesi a una sedia di legno.

Un tavolo con un'assurda tovaglia di plastica recitava "Buongiorno è domenica!" a ogni quadrato 10 cm per 10 cm, strizzando un abominevole occhio racchiuso in una tazzina da cappuccino.

L'occhio guardò Francesco, «Piccino, Buongiorno! E' domenica, svegliati o sarà tarsi e il sogno ti mangerà!»

Il pentolino con all'interno l'acqua che bolliva, iniziò a borbottare focosamente, i quattro fuochi della cucinetta bianca in ceramica vecchia, si accesero, erano alimentati a gas, si accesero e arsero alzando la loro fiamma al massimo.

Una seggiolina si avvicinò a Francesco da dietro e lo prese a sedere, lo catturò tutto con i suoi braccioli avviluppanti, strisciando verso i fuochi. La tovaglia intonò, «Francesco mangia l'ovetto che è pronto!» la seggiolina sempre più strisciò avvicinandosi ai fuochi accesi, impossibile sottrarsi.

«Voglio svegliarmi! VOGLIOSVEGLIARMI SUBITO»

Il fuoco si affievolì, la seggiolina lo lasciò andare, entrò sua madre in cucina.

«Lo vedi a giocare con il fuoco, cosa succede? Ti sei strinato i capelli…»

Francesco aprì gli occhi, era adulto, nel silenzio della sua stanza, sulla poltrona. Aprì gli occhi e restò immobile, come al risveglio dagli incubi.

Nelle mani ghermiva una banconota da 50 euro, stretta come il remo per un naufrago.

La luce era ancora diurna. Mosse gli occhi, era a casa.

Doveva esserne sicuro.

Indirizzò l'indice della mano destra nel palmo della mano sinistra.

L'indice cozzò nel palmo. Doveva tagliarsi le unghie.

Era a casa, era sveglio, aveva 50 euro in mano.

Si alzò.

«Brooke, amore mio, adorata mia dea, sono finite le vacche magre, ce l'ho fatta! Ti comprerò quello che vuoi!»

Si diresse al pc.

Sogno lucido numero 23. Fortemente instabile, il subconscio mi ha tradito, l'infanzia è tornata ad assalirmi ma ho portato con me la banconota. Più autosuggestione sul subconscio, ipnosi per dimenticare il passato.

Doveva controllare solo un fatto, si alzò, andò allo specchio.

Qualche capello sulla tempia sinistra era strinato.

«Non importa, non importa, oggi ho ottenuto il primo vero risultato, devo solo stabilizzare con l'ipnosi, il passato. E dimenticare il paradigma. Costruire un nuovo paradigma e il subconscio reagirà in modo diverso»

Si rivolse a Brooke, «Tesoro, lo faccio per te…presto ti avrò davvero e sarai mia come le Ferrari, le ricchezze, porterò tutto di qua. Tutto!»

Claudia si alzò dalla sedia, che mattinata intensa: l'indice S&P 500 era sceso di tre punti, l'Euro Stoxx 50 si era stabilizzato, il Nasdaq salito. Avrebbe dovuto coprire. Basta ora. Si alzò, slacciò la giacca del tailleur, aveva bisogno di aria, le correva ancora l'adrenalina in corpo. Aveva bisogno di vitamina D, luce del sole, guardare il sole, riequilibrare gli ormoni in circolo.

«Vado a fare una passeggiata, qui a pranzo sappiamo che non succede nulla, nel pomeriggio vediamo»

«Ok Clo, a dopo, portami un caffè lungo»

Dalla sua postazione, Enrico le ammiccò gentile. Era il più anziano del gruppo, per lui estremamente difficile immaginare che le donne potessero parlare in pubblico, guidare l'automobile e avere persino il diritto a istruirsi, proferendo parola e voto. Però era un uomo distinto e molto gentile.

Lo sentì raggiungerla «Se non copri, sei nei guai, torna presto signorina…»

Giusto, giusto, solo aria, sole, cibo e acqua. Il necessario per pensare ragionevolmente e riflettere la soluzione migliore.

Si diresse al solito bar. Attraversò la strada come sempre, il bistrot era pieno di gente vociante, cercò un angolo riparato.

Scelse un tavolino da due posti, tondo, al suo centro i tovagliolini di carta nell'apposito contenitore e un piccolo posacenere. Sul tavolo l'adesivo con il Qr code da scansionare per il menù. Lo conosceva a memoria e sul cibo aveva poca fantasia.

Si avvicinò il cameriere con i suoi soliti pantaloni, la sua solita camicia bianca e le tennis usurate.

«Francesco, eccola, ho un pochino di fretta. Un toast, una spremuta con ghiaccio, una mezza gasata e un caffè lungo da portar via»

Francesco la fissò. Era come sempre bellissima, la sua Brooke.

Capitolo terzo

L'ordine arrivò velocemente, il toast era freddo, la fontina ancora congelata in parte, la spremuta senza ghiaccio e la mezza gasata, calda.

«Servizio impeccabile come sempre…»

«Sa che non so il suo nome…» si rivolse a lei.

«Sinceramente io pensavo non parlassi, dopo anni scopro adesso che parli e sei di questo mondo!»

Lui ridacchiò, era diventato rosso in viso.

«Mi scusi, non volevo disturbarla, lei è sempre di corsa»

«Sì vero, anche oggi, quindi scusami devo andare, quant'è il conto, lo lascio a te con la mancia, ok?»

«No no signorina, offro io, quando potrò, vorrei dirle un fatto»

«Grazie Francesco, ma ora devo rientrare»

«Domani?»

«Sei serio?»

«Sì signorina…» Claudia lo osservò, probabilmente per la prima volta, in volto. Gli occhi infossati, la barba di qualche giorno, bianco con le occhiaie, radi capelli che si concentravano sulle tempie per diradarsi irrimediabilmente sul cranio. Aveva il doppio mento e guance spioventi, ma non sembrava cattivo, solo abbandonato.

«Cosa mi vuoi proporre? Un affare irrinunciabile?»

Lui stirò le labbra e iniziò un piccolo balletto bilanciando il peso dal piede sinistro a quello destro.

«Un affare, sì»

«Francesco…scusami mi propongono affari in continuazione di ogni natura ed entità, potrò farli tutti? Saranno tutti profittevoli? Forse no…perdo tempo, scusami devo andare. Il caffè da asporto?»

«Signorina, pensi di avere il pilota automatico nei suoi affari. Lei ordina, e succede»

«Non si può!»

«Eppure …»

«Non mi convinci…»

Claudia si era alzata, cercando di spostarsi senza toccarlo per guadagnare l'uscita. Era molto infastidita.

«Oggi è sceso di 3 punti il S&P, vero?»

«Sì, cosa ne sai tu?» si guardò un secondo le decolté Prada, gli investitori l'avrebbero chiamata di lì a breve.

«Domani risale di 5»

«Forse…poi scende, è finanza. Funziona così»

«Domani risale di 5» si girò e se ne andò.

Claudia scrollò la testa, non sarebbe più potuta venire in quel bar.

Guadagnò la porta e ritornò alla postazione, aveva ovviamente dimenticato il caffè per Enrico.

Francesco era molto scosso. Doveva tornare rapidamente a casa e fare alzare quell'indice, non aveva saputo resistere, aveva osato, ora se voleva mantenere il vantaggio della curiosità, avrebbe dovuto essere coerente con le sue affermazioni.

Tra due ore avrebbe finito il turno, presto presto, scorri tempo a mio favore.

Doveva essere preciso non avrebbe potuto permettere al subconscio di entrare nel suo sogno. Doveva iniziare l'ipnosi da ora. Mise le cuffie, azionò gli audio dal cellulare. Una musica a 528 MHZ iniziò a diffondersi dentro di lui. Abbassò lievemente l'audio per sentire gli ordini dei clienti, si sarebbe dovuto accontentare. Insieme alla musica, in lontananza, molto flebile, la sua voce registrata ripeteva frasi motivanti.

Io sono energia positiva.

Io sono forza costruttrice.

Io posso realizzare i miei sogni.

Io dimentico il passato.

Il passato scorre via da me come l'acqua del fiume.

Io guadagno denaro in quantità crescente secondo flussi continui da multiple fonti.

Io sono energia positiva.

Io sono forza costruttrice.

Io posso realizzare i miei sogni.

Io dimentico il passato.

Il passato scorre via da me come l'acqua del fiume.

Io guadagno denaro in quantità crescente secondo flussi continui da multiple fonti.

Le ore passarono rapidamente.

«Claudia, ho l'Avvocato in linea, te lo devo passare?»

«Per forza Enrico, lo prendo però nella sala conferenze, per favore»

«Sì certo, vai, te lo passo di là»

«Avvocato Adolfi, buonasera»

«Cosa è successo oggi? Sarò conciso, mi dia la sua strategy e la lascio subito»

«Ho coperto con il Nasdaq. La perdita è esigua»

«Quanto?»

«1 milione 583 mila euro e 20 centesimi»

Silenzio.

«Lei è la migliore. Non mi deluda» e riattaccò.

Claudia rimase qualche minuto con il telefono in mano, era stordita.

Alla fine era una donna, non mi deluda…un padre assente, il desiderio di essere brava, fidanzati inesistenti, una madre bambina e la conoscenza come potere, come riscatto, come gettone per essere brava, la migliore.

E poi non mi deluda …e di nuovo essere una donna alla vigilia della laurea, alla vigilia di una vita che forse poteva essere diversa con altri paradigmi, un padre affettuoso, denaro per sé stessa, una madre amorevole, sorelle o fratelli, degli zii che le comprassero il gelato al parchetto, degli amici che la sfottessero un po'.

Ritornò alla sala trading. I monitor erano fermi, la giornata era conclusa.

«Enrico sai che i romani prima di dichiarare guerra si affidavano alle predizioni degli Dei, guardavano le interiora dei bovini, il volo degli uccelli, se un corvo si fosse affacciato alla loro porta o peggio ancora, una civetta, presagio di morte»

«Dove vuoi arrivare? A farti leggere la mano per capire cosa fare domani?» Enrico sorrideva, lo stress aveva vinto la ragazza.

«No, oppure quasi, alla fine forse non si può mai prevedere davvero cosa succederà, le variabili sono molteplici, sommate si azzerano, eppure questo non accade, ne prevale sempre una sulle altre»

«Tu sai cosa fare, te la sei davvero sempre cavata benissimo, devi avere fiducia nelle tue possibilità»

Le si velarono lievemente gli occhi a quelle parole gentili.

«Un uomo insignificante oggi mi ha detto che lo S&P salirà di 5 domani, come avesse la sfera di cristallo o leggesse nei fondi del caffè. Ma se così fosse, davvero, come una predizione o il corvo che sbatte le ali cinque volte, invece di dieci, o vola a sinistra invece che a destra, questo Enrico, vorrebbe davvero dire che siamo solo carne in balia dell'entropia, del disordine assoluto e debilitante, inquieto e invincibile»

«Credo che invincibile sia corretto, sì»

«Ora vado a casa»

«La trovo un'ottima idea, cara, domani sarai vittoriosa, vedrai, chiudo io, vai»

«Grazie»

E uscì diretta alla quiete di casa.

Francesco urinò, salutò Brooke e si sistemò sulla sua poltrona.

Sogno lucido 24. L'obiettivo è semplicissimo, devo immaginare i grafici, visualizzarli e farli salire, solo uno, come se io stesso fossi il costruttore, li vedessi e potessi mettere un mattone sull'altro e costruire un grattacielo di 5 piani. Un grattacielo di 5 piani.

Io posso.

Era adulto in questo sogno, adulto e molto muscoloso, bello, più alto, con i capelli, castani, fluenti, con un bel ciuffo che gli ricadeva in parte sulla fronte.

Indossava una camicia bianca pulita con le iniziali ricamate sul polso sinistro. Dei pantaloni beige di lino e una giacca sempre di lino, beige aperta. Era snello. Sorrise contento, era un bell'uomo, ammirato. Qualche donna passando per la strada, indicò alla sua volta, sorridendo, immaginando di essere scelta per una notte d'amore focoso.

Indossava un piccolo orecchino di diamanti al lobo destro, luccicava alla luce. Aveva sempre desiderato un piccolo orecchino di diamanti, come gli uomini ricchi, arricchiti improvvisamente, che sfruttano l'agio come aspirano la aria, voracemente, velocemente, ansiosamente.

Avrebbe dovuto verificare di essere nel sogno. Però se fosse stata la realtà, sarebbe durata per sempre.

(imporsi la verifica)

Portò l'indice destro sul palmo sinistro, il dito lo attraversò.

(non distogliersi dal compito, anche se il sogno è piacevole)

Si voltò, vide i grafici, erano davvero enormi, tutto attorno a lui, come uno sull'altro erano sotto di lui, sopra di lui, in tridimensione, lui stesso ora non aveva più un pavimento, un nord, un sud.

«Voglio una bussola»

Dalla tasca della giacca, estrasse una piccola bussola, l'ago segnava il nord. Lo seguì, i grafici si ricomposero su una linea retta.

«Sto cercando lo S&P»

Il grafico mensile dell'indice si palesò alla sua vista.

«Voglio vedere il grafico giornaliero»

Cambiò la visuale, era ora chiara la discesa dell'indice. Francesco si diresse all'ultimo istogramma, era rosso. Alto più o meno come lui.

«Voglio più luce»

Una luce chiara e cristallina illuminò la stanza, non cerano confini, gli altri grafici erano confinati, sfuocati ai bordi della sua personale sala trading.

«Voglio fotocopiare l'ultimo valore»

Comparve davanti a lui l'ultimo valore, uguale identico al precedente.

«Ora voglio che si alzi e diventi verde, si deve alzare di un punto alle ore 10,00 A.M.»

«Ne voglio un altro, si deve alzare di un altro punto alle 10,01 A.M.»

«Ne voglio altri tre, si devono alzare di un punto +1, ognuno rispettivamente alle 10.02, alle 10.03, alle 10.04, alle 10.05 e poi stabilizzarsi in crescita tutto il giorno»

L'indice eseguì l'ordine e disegno la sua curva verde a rialzo fino alle 18 serali.

Una lunga scia di verdi inequivocabili.

Li accarezzò, erano la sua salvezza, il suo biglietto per la felicità eterna.

«Ora voglio scopare, sono felice e bellissimo»

Uno dei parallelepipedi si trasformò velocemente in una bruna procace, con grandi mammelle appena coperte da un piccolo vestitino rosso. Quasi si poteva intravedere l'areola del capezzolo rosato.

La vita era bellissima.

(ricordarsi, mi piace castana la prossima volta)

Aveva lunghe gambe e una bocca peccaminosa e umida.

Gli avrebbe infilato il suo uccello dentro fino in gola.

Sentiva già l'eccitazione crescere dentro come un uragano di sens esposti.

La signorina si sollevò il vestitino, era pelosa e nera, fece scivolare le bratelline del vestito e liberò le grosse mammelle.

Con la lingua m'invitava ad aprirle le cosce, com'era volgare, come la desideravo.

Mi slacciai i pantaloni e mi liberai dagli slip. Lo afferrai per puntarglielo come un bazuca pronto a esplodere e vidi il suo sguardo attonito.

Il mio membro era piccolino. Piccolo e molle, ero minidotato.

«VOGLIO SVEGLIARMIII SUBITOOO»

Riaprii gli occhi nella poltrona, mi mancava il fiato.

«Che scherzo del cazzo!»

Sogno lucido 24, ricordarsi TUTTI i dettagli, inserire nell'ipnosi che sono un amante meraviglioso, il subconscio s'intrufola sempre, ora ha anche dell'ironia, forse sono vicino a dominare i sogni, per questo è diventato più mansueto e mi permette di divertirmi. Posso fare di più, voglio arrivare alla perfezione.

Francesco lasciò il pc, guardò l'orologio, era rimasto nel sogno quasi due ore, sembravano trascorsi pochi minuti.

Annotare, il tempo trascorre rapidamente, ho fame.

Capitolo quarto

Claudia alla fine lo sapeva.

Enrico la guardò: «Mi sembra che tu sia salva, o avevi già rotto tutti i salvadanai?»

Claudia ridacchiò, alla notizia americana delle 10,00 A.m. gli indici erano tutti saliti, le notizie erano positive, la borsa saliva. S&P era salito di ben 6 punti in 30 secondi, ora si stava stabilizzando.

«Confesso di aver dormito abbracciata al cuscino»

«Brava brava…per ora le nubi sono state spazzate via, se mi posso permettere un consiglio: telefona immediatamente all'Avvocato, elenca le sue ricchezze e guadagna la parcella. Poi riattacca. Domani è un altro giorno»

«Sì ha senso. Ieri è stato perentorio, se lo merita, noi non facciamo prigionieri vero? Qui nessuno ha pietà per nessuno, solo i risultati contano!»

«Lo ripeto, brava! Sei un vero uomo…dopo prendimi un caffè lungo, vuoi cara?»

Claudia rise stavolta. Era più serena ora, si rammaricò di non essersi vestita elegantemente e con cura come al solito. I jeans e la camicia di seta non erano abbastanza trionfali.

Si appartò nella stanza delle conferenze. La sala era in penombra, ordinata, asettica. Qualche Bic lasciata al centro del tavolo ovale.

Compose il numero. Era la linea privata, lui avrebbe risposto subito.

Infatti, «E' lei…bene bene, cosa mi deve raccontare, che lo aveva sempre saputo?»

Claudia sprofonda nella seggiola a rotelle in corda intrecciata finemente, slacciò con la mano libera un bottone del suo jeans e abbassò la cerniera. Fece scivolare la mano al di sotto degli slip di cotone.

Trovò il suo sesso, era umido del suo umore.

«Naturalmente e buongiorno anche a lei» sospirò, la sua voce si arrochì, l'indice aveva trovato il clitoride.

«Vuole comunicarmi qualcosa?» aveva esitato, era chiaro.

«Sì la mia percentuale»

«Non se ne parla»

«Credo sinceramente di meritarmelo, ha raddoppiato la sua entrata in poco più di un anno» Sentiva la pressione nel pube e l'orgasmo farsi strada nella bocca dell'utero molle, sospirò.

«Dov'è adesso?»

«Da sola, nella stanza conferenze, non mi ascolta nessuno, ma la telefonata è registrata, per cui non potrà ritrarre quanto dirà adesso»

«Lei è perfida e astuta» ridacchiò «E molto bella»

L'orgasmo stava arrivando limpido e cristallino, il suo respiro accelerò. I suoi capezzoli si inturgidirono, deglutì.

«Verrò domattina a trovarla, me ne parlerà a voce, sensuale com'è ora, forse potrei cederle un 8 %»

«Va bene, l'aspetto» e riattaccò mentre l'indice premeva forte il clitoride sprigionando violento l'orgasmo.

L'altra mano catturò un seno, la bocca si aprì per annaspare l'aria. Poi la quiete.

Chiuse gli occhi un secondo, il silenzio era rincuorante. L'adrenalina si era liquefatta, la calma era rientrata.

L'odore acido del suo umore impregnava la mano, la ritrasse. Si alzò, si ricompose, lavò le mani e uscì dalla stanza.

«Il solito, giusto? Qui non capita più nulla oggi…vuoi andare tu?»

«Per carità, fare la fila, le persone che spingono e si accalcano per un tramezzino…fai cara, sono troppo vecchio»

Prese il portafoglio e si diresse al solito bar.

Francesco la vide entrare prima ancora che aprisse la porta.

Si era ingabbiata i capelli in una lunga coda di cavallo, indossava dei jeans molto stretti e una camicia di seta verde smeraldo, slacciata con noncuranza fino all'attaccatura dei seni. Sembrava una gazzella che saltella, agile sui tacchi delle decolté, con le caviglie sottili e ossute, il jeans aveva un piccolo risvolto di un centimetro e al di sotto di esso, prima di incontrare il malleolo, compariva una catenina d'orata solo indossata sulla gamba destra.

Piccola maliziosa Claudia…

Sorrideva.

Si sedette al solito posto, attendendo il servizio. Indossò gli auricolari, selezionò la musica e si assentò dal resto del bar, accavallando le gambe sotto al tavolino tondo.

Non lo stava aspettando, non era curiosa, si era clamorosamente dimenticata! Forse pensava fosse una stupida coincidenza, la stronza!

Francesco raccolse le forze, gonfiò il petto e si preparò ad attaccare.

«La vedo contenta…»

S'intromise nella sua visuale per farle interrompere la musica.

«Come Francesco, non sento, aspetta, ecco dimmi tutto»

Tolse un auricolare, tenendolo tra i polpastrelli piccini, con la mano a mezz'aria, come per indicare di fare in fretta che era il suo pezzo preferito.

«Pensa sia stata una coincidenza?»

«Cosa Francesco?»

«L'indice è salito almeno di 5 punti, come avevo predetto io ieri proprio in questo bar! E' merito mio!»

«Tu lo hai fatto salire?» lo derideva…

«Sì Claudia! Io l'ho fatto salire e posso rifarlo, come posso farlo scendere senza avvertirti e farti perdere le tue percentuali»

Si zittì, aveva lo sguardo infuocato.

Claudio lo osservò forse davvero per la prima volta. La barba incolta, la calvizie incalzante che procedeva dalle tempie come se fossero le acque di un lago a ritirarsi per la siccità, lasciando l'ombra di quello che era stato.

Il colore insignificante degli occhi, azzurro tiepido, coperti da folte ciglia nere che contrastavano con la mancanza dei capelli, sulle tempie e sul cranio. Le rughe che solcavano la fronte resa preda facile in una battaglia dove al fronte nulla la proteggeva dall'occhio degli altri. Tre lunghe rughe, che solcavano orizzontalmente la fronte da un lato all'altro della tempia come gli elastici della corda che saltava da ragazza, canticchiando, arancia, banana, melone, mandarino…

Proprio un piccolo naso a forma di agrume, tondo e cicciotto, con grandi narici dilatate che respiravano delusione e impotenza.

Povero Francesco, desiderava ascoltarlo, in quanti avevano snobbato la sua figura tozza, le sue gambe corte, la sua pancia da vecchio precoce?

Abbassò lo sguardo, sussurrando: «Credo che la borsa americana sia una decifrazione troppa complessa per molti, non voglio sminuire i tuoi consigli, peraltro azzeccati, ma non posso basarmi su questi per il mio lavoro, altrimenti non avrebbero senso tutte quelle ore di studio che ho pagato»

Francesco si addolcì e abbassò il tono, rendendolo confidenziale.

«Non so nulla di finanza, non sono preparato su questo. Però posso mutare la realtà, usando la fisica quantistica e altri metodi che non vorrei raccontarti qui di fretta…»

«Io non credo a queste cose, Francesco, ti ringrazio ma non ce la fai così»

«Io ce l'ho già fatta, ti prego, ascoltami, posso chiamarti Claudia? Sì posso, io sogno e realizzo nella realtà il sogno, si chiama sogno lucido. Mi ci sono voluti anni, ma ci sono riuscito! Io sogno che l'indice sale, e lui domani, salirà»

«Bene, bravo, allora investi, sogna e ritira alla cassa»

«Claudia, io non ho denaro, ma questo può farmene ottenere molto, noi insieme possiamo farne molto! Non capisci? Io ti dico dove andrà e tu investi per noi i soldi degli altri, poi dividiamo i tuoi compensi»

Claudia scuoteva vigorosamente la testa.

«Francesco ti prego portami due caffè lunghi, uno da portar via, io non ho tempo e non mi assumo queste responsabilità, maneggiando i capitali che mi hanno affidato! Ti prego di non tornare più sull'argomento, altrimenti sarò costretta a cambiare bar»

«Vuoi un'altra prova? Per forza, sei tosta! D'altronde così su due piedi, allora se predico bene, domani mi dedicherai del tempo e potrò spiegarti, va bene?»

«Io non stringo accordi con te»

«S&P calerà di dieci punti, mettiti al riparo! Se succede, domani sarai talmente avvilita che vorrai ascoltarmi»

«Smettila o ti allontano con la forza! Mi hai fatto passare la voglia del caffè...» e si alzò veloce, ribaltando il timido vasetto di fiorellini sardi.

Francesco la seguì con lo sguardo, la bocca lievemente spalancata per la piega che aveva preso la conversazione, non avrebbe voluto nuocerle però aveva bisogno di convincerla!

Aveva un sedere bellissimo, tondo e soave come due colline umbre che se intersechino nella cucitura dei jeans.

Domani sarebbe stata stravolta, piccola cara, e poi gli avrebbe creduto.

Sperava che le ore trascorressero veloci. Avrebbe dovuto programmarsi per ora prima di sognare.

Claudia percepiva l'assillo, il sudicio tarlo che insistentemente erodeva la sua convinzione.

Perché dentro ogni operatore al pari suo, esisteva un piccolo scaramantico e ordinato omuncolo, ossessionato dalla quotidianità.

Ogni giorni pari all'altro, i cigni neri erano assolutamente banditi e ostracizzati, la paura di un evento nefasto nel mercato era scongiurata come la morte, forse di più, perché perdere denaro, perdere stima, forse era peggio della morte.

«Cos'hai? Sei bianca come un lenzuolo e non sorridi più…e il mio caffè?»

«Scusami, scusami, mi è arrivata una soffiata e ci sto riflettendo»

«Dimmi» Enrico era serio, le soffiate erano fondamentali per arricchirsi, se giuste, ovviamente.

«Domani crolla, dovremmo acquisire le opzioni put e lasciare che il caos porti all'acquisto di quelle che abbiamo noi»

«Esatto, compriamone il più possibile, anzi, convertiamo il guadagno di oggi, lì, nelle opzioni put. Domani crolla tutto, noi pareggiamo ma abbiamo quelle che tra un mese varranno il quadruplo, quindi non rischiamo nulla, anche se non crolla»

«Sì, ha senso, è molto arguto, e non ti deve autorizzare nessuno, sei nei parametri concordare, puoi diversificare gli asset, usare strategie…cazzo sei un uomo!»

Claudia sorrise, se anche Francesco avesse avuto ragione per loro non cambiava nulla, domani poi ne avrebbero parlato assieme.

«Compra Enrico, compra…»

Francesco era arrivato a casa, dolce Brooke dagli occhi blu, lei era arrendevole…

Ascoltò i suoi audio, immaginò il suo sogno lucido numero 25.

Sogno lucido numero 25, sono un uomo potente, bello e con l'uccello di un Dio, il mio spazio è quello del denaro, io desidero tanto denaro, posso ottenerlo come meglio credo, ogni mio pensiero, è denaro, io penso e quello che penso diventa realtà. Io sono un Dio, il Dio delle azioni, tutti gli uomini devono fare quello che penso, e ogni mio pensiero si tramuta in realtà perché io sono un Dio. Mi rivolgo a tutti gli uomini potenti della Terra, agli uomini più ricchi, a quelli che fanno funzionare il mercato della azioni, io posso comandare loro perché sono il loro Dio, e i miei ordini verranno eseguiti subito e all'istante senza contraddizioni!

Sono pronto, mi alzo dalla sedia della scrivania, mi appoggio alla poltrona, sprofondo in esso. Il mio corpo diventa liquido e sinuoso, si fonde con la pelle, con la gomma piuma all'interno della pelle, trasmiga e diventa cellula per ridensificarsi in un altro spazio, in un altro tempo.

Sono un Dio, sono bello, ho muscoli guizzanti, pettorali prorompenti, bicipiti tonici e gonfi. Un ridicolo gonnellino mi copre la nudità, la osservo e la accarezzo soddisfatto. Ho dei lunghi capelli chiari, che mi ricadono ben oltre le spalle, fino alla schiena e si muovono al vento come una massa omogenea. Tatuaggi con disegni maori mi ricoprono il corpo, alcuni con colori rosati e rossi, altri neri. Non ho peli ma una lunga barba castana che finisce con una treccina vezzosa. Indosso anelli d'argento su tutte le dita e un bracciale dorato mi stringe l'avambraccio destro.

Attorno a me c'è solo luce, luce incredibilmente potente.

Forse un sole, mi devo coprire gli occhi con la mano, devo essere molto più altro del normale, forse sono grande come tutto il pianeta e tocco gli astri con il mio corpo.

«Voglio che le mie dimensioni siano solo il doppio di quelle di un normale uomo»

La luce si affievolisce pian piano, vedo montagne, laghi, fiumi e praterie erbose.

«Voglio che le persone più ricche del mondo arrivino qua al mio cospetto, chine sulle ginocchia, strisciando carponi perché sono il loro Dio»

«Voglio essere alto tre volte loro e che provino spavento, ossequio e venerazione»

Le mie dimensioni aumentarono nuovamente e si stabilizzarono.

Eccoli comparire dinnanzi a me, strisciando carponi avvolti nei loro completi di fine fattura, vermi umani forse con un intuito parzialmente funzionale ma senza aver eseguito il salto quantico che permettesse questo.

Quindi vermi.

Li osservai strisciare, non osando sollevare il capo a osservare, in loro completamente assente la curiosità e la padronanza della gestione, dentro, nell'anima, solo paura.

«Vendete metà delle vostre azioni, sottocosto, tutti! Subito! Ora!»

Notai che Elon alzava un sopracciglio perplesso.

«Moriremo tutti, la Terra imploderà tra non meno di quarant'anni!»

«Non vi è permesso parlare, vendete sottocosto, a metà prezzo da subito, miei devoti, io vi ricompenserò dandovi il vostro sogno, qualunque desiderio, un altro pianeta, l'immortalità, una ricchezza sconfinata e sarete felici nella mia adorazione»

Accarezzai la testa di Trump, non osava alzare su di me lo sguardo, lo sentivo tremante e supplice al mio cospetto. Se avessi preso quella testa tra le mie mani, avrei potuto schiacciarla come una noce, oppure sentirne il battito come il pettirosso spaventato per poi stringere e stringere, finché non si fossero spezzate le ossa, frantumate come bastoncini secchi e avessero trafitto il cuore e i polmoni, i reni e la milza. E il sangue non fosse schizzato dalla bocca e dal naso, colato dagli occhi vitrei nell'ultimo ansito di vita.

E nella vita, sarebbe morto? Se adesso avessi schiacciato la sua testa dalla forma quadrata con i radi capelli biancastri, nella vita vera, sarebbe morto?

Lui era portato da me, ma non era il suo corpo. Era l'immagine che io conservavo di lui, rapita dai giornali o dalla televisione.

Ma la morte dentro al mio sogno, avrebbe significato qualcosa nella vita. Forse avrebbe avuto un incidente mortale, oppure gli avrebbero diagnosticato un tumore o un male irreversibile.

(portare un piccolo animale nel sogno e procurarne la morte, osservare nella vita l'accadimento postumo)

Tutti assentirono, li liquidai, non m'interessavano più.

Volevo Claudia nel mio sogno.

Ritornai di dimensioni normali.

E lei apparve, gioiosa e procace, sensuale e affascinante.

«Sei un Dio…»

«Ti piaccio?» ero ancora timido al suo cospetto.

«Sì molto, sei sexy» mi si avvicinò e con la mano mi accarezzò la barba ispida, dapprima con le dita leggere dei polpastrelli poi con il palmo della mano.

Indossava un négligé nero trasparente con delle rose ricamate in più punti che ne coprivano le nudità. Ero molto imbarazzato. Era bellissima.

«Claudia tu mi vuoi come tuo unico collaboratore, ti fidi di me e fai esattamente quello che dico»

«Sì Francesco, farò quello che mi chiedi, sarai il mio padrone, il mio mentore e mi farai conoscere queste tecniche per nostro unico beneficio»

«Mi darai la metà dei tuoi soldi, dei soldi che guadagneremo insieme, grazie al mio intervento divino»

«Sì, farò così e sarò onesta e veritiera»

«Ti concederai a me, anche adesso»

«Mi concederò a te, anche adesso, tutte le volte che mi vorrai»

Ritrasse la mano e la portò alla spallina del négligé.

L'abbassò lentamente, poi l'altra mano abbassò l'altra spallina.

Il négligé rimase appeso ai suoi capezzoli induriti.

Er terribilmente imbarazzato, avrei voluto coprirla, riconoscendo la sua potenza di donna intelligente, la sua autorevolezza, il suo charme, immaginando che non si sarebbe mai concessa in questo modo, come una sgualdrina. Ma che proprio la sua inimmaginabile bellezza, il suo perspicace intelletto l'avrebbero assurta a donna da conquistare, da meritare.

Invece una forza malvagia mi spinse dispettosamente avanti.

Feci cadere il pezzo di stoffa, e la guardai in nudità.

Lei non si coprì.

Aveva una peluria castana all'altezza del pube, arruffata e riccia, capezzoli grossi e a punta con un'areola rosata tonda della grandezza di una moneta antica. Le gambe lunghe e magre e un piccolo rigonfiamento all'altezza del ventre, morbido e a mezzaluna che conteneva un piccolo ombelico rientrante.

Presi un piccolo seno tra le mie mani, venerandolo.

Ero un Dio, potevo chiederle di non ricordarsi nulla di noi, che le rimanesse solo l'intenzione ma non il ricordo.

Chinai il capo e ciuccia il capezzolo puntuto.

Era delizioso, sapeva di agrume salato. Mugolò.

Forse le piacevo.

«Io ti piaccio moltissimo, vuoi che ti prenda immediatamente»

Mi afferrò una mano e la portò al suo sesso umido. Era soave, con un buco gentile e morbido peli che ne circondavano la cavità.

La presi in braccio sorreggendola per le natiche nude.

Si aggrappò e m'infilò vogliosa, la lingua in bocca. Sentii la sua saliva, il fresco profumo del dentifricio alla menta e un retrogusto più intimo di carne e mucose.

«Materializzami un letto comodo e ampio»

La appoggiai a gambe divaricate, lei si aprì ancora, chiamandomi con le mani aperte, implorando che il mio sesso la colmasse.

La guardai, bellissima con i lunghi capelli castani sparsi sul lenzuolo, le cosce aperte, la pelle compatta e serica.

Notai che i suoi piedi erano lunghi e magri, le caviglie sottili e le dita lunghe e ossute. Si allungavano ancora virando il colore da rosato pallido a verde.

Le caviglie si aggrovigliarono tra loro, passando tra varie tonalità di colore, fino a stabilizzarsi in un verde brillante, spuntarono foglie e steli, spine e boccioli e il suo corpo si aggrovigliò a tal punto da fondersi ed ergersi in una bellissima pianta di rose bianche.

Guardai per ultimo il suo bel volto esplodere in una gamma di petali rosato bianchi, ognuno addossato all'altro a comporre una rosa sbocciata, aperta e ricoperta della rugiada del mattino.

«Oh Signore!»

(ricordarsi assolutamente di non forzare le emozioni, il subconscio è intervenuto e mi ha salvato)

Mi cadde una piccola lacrima e avvilito chiesi di svegliarmi.

Volli portare con me il bocciolo di rosa.

Infatti eccolo tra le mie mani, profumato e vivido, nella penombra della stanza, nel silenzio della notte.

Lo annusai, ero lievemente sconcertato, eppure per quella donna provavo una sorta di timida venerazione. Non avrei potuto scoparla come le altre, prima dovevo costruire la familiarità con lei. Avvicinarmi, poi forse avrei potuto. Il mio subconscio sapeva che mi ritenevo inferiore. Stupido e inferiore, avrei dovuto lavorare sull'autostima e sul nostro rapporto per renderlo più equilibrato.

Capitolo quinto

«Claudia, lei è un genio. Le azioni crollano e lei mi fa diventare ricchissimo!» l'Avvocato si accomodò sulla sua carrozzina con l'eleganza dell'uomo urbano.

Claudia lo osservò in volto, attentamente e prendendosi il tempo di catturare il suo sguardo e trattenerlo. Il naso aquilino, la barba mora, folta ma ben curata, labbra carnose seminascoste dai baffi neri e due occhi importanti, blu con lunghe ciglia nere.

Era italiano ma di chiare origini arabe, le sopracciglia arcuate si alzarono entrambe impercettibilmente in segno si sorpresa.

Era ammirato, un uomo colto, incredibilmente ricco, costretto su una sedia a rotelle. Avrebbe voluto domandare, sapere, un'insana e sconosciuta ansia la colse, avrebbe voluto conoscere qualcosa di quell'uomo civile. Volle fargli un complimento.

«Lei è il mio cliente preferito, e forse l'unico che io rispetti»

«Mi sta forse dicendo che non rispetta i suoi clienti?» era acuto, infatti, il complimento nell'estasi del guadagno e dell'impercettibile innamoramento di cui era preda, era stato formulato malamente.

«No, rispetto tutti, non mi permetterei di immaginare il contrario, ma non di tutti condivido la strategy o la vision. Volere aumentare il proprio capitale è un assurdo un po' vago. Come, con quale found, perchè si conducono campagne piuttosto di altre, questa selezione e come si compie mi fa scegliere»

«Quindi ho la sua simpatia?» abbassò impercettibilmente di una nota il suo tono di voce.

«Sì certo e il mio timore, perché sapevo che sarebbe venuto da me a rimproverarmi. Mio padre era autoritario e anaffettivo. Soffro di un inguaribile complesso d'inferiorità. Credo che rimarrò sempre la ragazzetta che desidera i complimenti»

«Lei mi piace, mi è sempre piaciuta. A dispetto dei suoi colleghi, è propensa, per la sua indole femminile, a dire la verità»

«Le donne non dicono mai la verità» rise Claudia.

«Lei è un ibrido, non è una donna perché ha per scelta voluto svolgere un lavoro complicato riservato all'élite maschile. E non è un uomo perché è troppo bella per privarsi della sua femminilità»

«Sono troppo bella? Forse per lei» chiocciò Claudia.

«Su non faccia giochetti con me, sono stato istruito per bene dalla vita per perdere tempo in passatempi per tutti. Cerchiamo di non essere tutti»

«Ok, non sarò maliziosa con lei. Né ingenua, né manipolatrice»

«Ecco ora m'incuriosisce, quindi cosa sarà? Qualcosa di molto lontano e inconcepibile»

«Semplice»

«Lo ripeta» sussurrò l'Avvocato.

«Semplice e vera»

Un sorriso si allargò lentamente per un momento eterno sul volto di lui, toccò gli occhi che s'illuminarono, irradiando una calda e benefica luce blu.

Il silenzio cadde titubante su di loro.

Claudia abbassò gli occhi, improvvisamente timida.

«Cosa le è accaduto, perché ha gli arti inferiori atrofizzati?»

Non riusciva a guardarlo più in viso, fissò un punto della sala, si vergognava. Una leggera pressione all'inguine le diceva che quell'uomo era terribilmente attraente, che se non avesse avuto due arti ossuti e svuotati sotto il completo di cotone grigio, avrebbe flirtato senza troppi pudori.

«Perché lei è così? La sorte benevola immagino abbia deciso che fosse bella e intelligente»

Claudia stiracchiò un sorriso, il tono dell'Avvocato si era privato di calore, erano parole ripetute molte volte a molte persone come le giustificazioni a scuola, quando si scriveva "motivi familiari".

Sospirò.

Lei, lui, entrambi.

Come sarebbe stato bello liberarsi sul tavolo, baciarsi con trasporto, accarezzarsi con candore.

Continuò più partecipe per educazione.

«Un incidente, una serie di concause nefaste che hanno giocato contro di me e mi hanno vinto»

«Non ne vuole parlare, mi scusi, non volevo essere curiosa…solo interessata»

«Sì sì Claudia, lei mi ha fatto guadagnare molti milioni di dollari in un giorno, risponderò con piacere alla sua domanda, a qualunque domanda»

«E' vinto completamente?» arrossì, non sapeva come chiedere se la sua virilità fosse rimasta intatta.

«Mi sta chiedendo se usciamo a cena e dopo una serata adrenalinica e inebriante posso invitarla nel mio attico?»

Claudia fece un cenno affermativo con il capo.

«Lei vorrebbe venire a cena con me?»

Ora aveva ripreso coraggio.

«Sì, lei mi piace mi è sempre piaciuto. Ha i modi di un Lord e l'acume di un barbaro, insieme mi affascinano»

«No cara, purtroppo sono rimasto offeso gravemente e irrimediabilmente. Il piacere si è trasformato, le zone innervate e sensibili sono migrate su altri recettori. Ora è la mente che diviene turgida se posa gli occhi e le mani su qualcosa di veramente eccitante, il piacere è divenuto altro. E' mentale, è nell'anima. Credo però che a lei interessi se posso donare piacere»

Silenzio.

«Io ho raggiunto dei bonus, lei incassa, io incasso. Il rapporto è equo. Credo debba essere così ogni relazione»

«Coerente»

L'Avvocato inalò ossigeno, le sue narici si dilatarono e restrinsero, gli occhi cercarono i suoi.

«Credo che non potrà mai essere equo, io dipendo da lei per guadagnare, per godere, per amare. In un rapporto talmente impari in cui solo il denaro è davvero l'unico bene preponderante, non potrei mai cimentarmi. Probabilmente lei, dopo anni, è la donna che mi desidera per me solo. Ma vede, Claudia, io sono disabituato, disallineato, disarticolato nei confronti dei rapporti che siano amicizie anche intime. Mi perdoni se di fronte alla sua bellezza, io farnetico e mi ritraggo. Purtroppo sono terribilmente consapevole di essere uno storpio. Ma sarò sempre il suo servo, se lo vorrà. Con questo la saluto, anche venerandola e immaginandola. Preferisco così, mia dea, che lei rimanga un sogno» Le prese elegantemente la mano, la portò alle labbra umide. Poi la lasciò, indugiando solo un secondo.

«Michele!» l'Avvocato non si girò, aprì la porta e condusse sé stesso verso l'ascensore.

Claudia sentiva un fastidio serpentino salire dallo stomaco.

Lo osservò fino a che la vista lo consentì, poi si avvicinò alla porta e la richiuse.

Tanto valeva dedicarsi al secondo incontro importante della giornata, al bar. Con Francesco.

Sbirciò dalla finestra che l'Avvocato salisse sulla Bentley, attese che l'autista riponesse la carrozzina nel bagagliaio e poi ripartisse.

Claudia si avviò verso il bar, la strada era libera.

All'entrata Francesco l'attendeva palesemente compiaciuto.

«Noi due dobbiamo parlare»

«Da giorni te lo chiedo…sono contento di avere la tua attenzione»

Lo fissò per un secondo, era trasandato, stanco, segni pesanti gli scandivano gli occhi. La camicia sgualcita, i jeans strappati alle ginocchia, le tennis sporche di fango.

«Credo di non essere l'unica a dirti che hai un aspetto deplorevole»

Lui sorrise umile.

«Sto aspettando tempi migliori, un divorzio che mi costa dei soldi, un figlio che non vedo mai e il lavoro qui che mi porta via molto tempo»

«Ma…»

«Esatto c'è un ma»

«Come tutti i disadattati sociali, c'è sempre un ma, il desiderio di riscatto è talmente forte che permette di maturare anche idee importanti»

Lui ammiccò, punto nel vivo alle parole irrispettose di Claudia, non poteva darle torto per ora. Sarebbe tutto cambiato, tutto cambiato.

Ne era certo.

«Sono stato io. Lo so che non ci credi. Ma sono stato io»

«Non è vero che non ci credo, mi fai accomodare? Ci beviamo un cappuccino e mi spieghi?»

«Non posso ora, devo lavorare. Ti do un appuntamento, vieni da me, a casa mia e ti faccio vedere cosa so fare, i miei appunti»

«Non credo proprio di voler venire a casa tua, vediamoci in un locale, anche qui vicino alle 22, finisci alle 22, no?»

«Va bene, voglio essere accondiscendente, vieni alle 22 a prendermi, parleremo in macchina. Sulla tua macchina, io non ce l'ho»

«Ok, niente scherzi, ho il teaser»

Lui rise, Claudia provò un piccolo brivido. Gli mancavano due molari.

«Non ti faccio nulla, tu mi servi, io ti dico dove investire e tu lo fai»

«Stavolta è andata liscia perché so investire nelle Opzioni Vanilla. Quando mi hai detto che crollavano gli indici, non potevo vendere avrei creato una bolla. Ho preferito investire nei contratti assicurativi, quelli in caso di default, schizzano alle stelle. Quindi ho frazionato e spostato il capitale»

«E hai fatto guadagnare…»

«Sì moltissimo»

Era soddisfatta.

«Però non ti sei fidata»

«Non è denaro mio, sono una investitrice per altri e sempre razionale. Se credessi ai gatti neri…capisci non funziona così»

«Ok, d'accordo no gatti neri, però io ho un sistema che funziona su tutto. Io potrei farti fare quello che voglio»

Quelle parole suonarono storte, Claudia fece un piccolo passo indietro, la sua coda di cavallo si agitò per lei, dondolando.

«Credo che se vorrai una socia, il rapporto debba essere paritario. Io d'altronde non ho nessuna ambizione di costringerti a fare quello che non vuoi»

«Mi sono espresso male, semplicemente io posso farti desiderare quello che desidero io»

«Suggestioni la mente?»

«Sì, ma in grande. Ti prego parliamone stasera, se avessi voluto manipolarti, lo avrei già fatto. Invece m'interessa il denaro, quello che posso guadagnarmi insieme a te»

«Ok, va bene, a stasera»

Si voltò e scomparì tra le persone che entravano per il pranzo.

Le luci illuminavano il tratto di strada prospicente l'uscita del bar. La Mercedes di Claudia sostava a luci spente.

Francesco si avvicinò, sbirciò nell'auto, lei era dentro, lievemente innervosita.

«Eccoti, sono le 22 e 15 minuti stavo per andarmene»

«Abbiamo finito tardi, scusami»

«Non perdiamoci in preamboli, veniamo al dunque»

Francesco portava odore di fritto e sudore, l'abitacolo si saturò ben presto.

«Sai cosa sono i sogni lucidi?»

«Vagamente»

«Una sorta di autoipnosi del subconscio che immagina realtà. Ripetendoli molte e molte volte, il subconscio si convince che quella immaginazione creata nel sogno lucido, sia la realtà e la ripropone veramente»

«Tu ti ipnotizzi o ipnotizzi?»

«Io mi sono già ipnotizzato, molte volte, ora padroneggio lo strumento, posso creare nel sogno ogni ipnosi e la realtà si modifica quasi istantaneamente, o comunque con una discrepanza di 24 ore»

«Interessante…» Claudia battè sul volante le unghie laccate di rosa pastello. Unghie corte, perfette. Dita lunghe e affusolate, mani leggiadre.

«Puoi immaginare che la borsa scenda e questo accade. Tu vuoi immaginare investimenti proficui e farmi investire nella realtà»

«Sì esatto»

«E cosa vuoi? Soldi? Quanti?»

«Il 10% delle tue sostanziose provvigioni»

«C'è il rischio, io investo il denaro degli altri, se perdo per colpa tua, ho delle clausole estremamente severe da ottemperare a favore dei miei clienti»

«Tu sei abituata al rischio»

«Perché me. Perché non sogni già il denaro, di trovarlo, di venirne in possesso, un'eredità, un lascito, soldi regalati»

«Potrei, potrei sognare che un passante mi regala del denaro, se lo fanno tutti i passanti, io sono ricco…»

«Esatto»

«Perché sono profondamente innamorato della tua persona e voglio fare colpo»

«Non credo siano i presupposti per cominciare nulla…io rischio il posto, la carriera, per dei tuoi vaneggiamenti»

Si stava infastidendo.

«Ti ho detto la verità. So qual è il mio posto. Posso farlo, se vuoi riproviamo stanotte, creo quello che mi chiederai adesso»

«La curiosità ucciderebbe…»

«Impossibile che una donna come te non desideri provare»

C'era qualcosa in quell'uomo, qualcosa di onirico e surreale, di futurista e insieme freneticamente pazzoide, qualcosa di lontano e inafferrabile che affascinava.

«Prova a portarmi su le azioni di Facebook durante il giorno, io compro dalle 5.00 di domani»

«Ok»

«A fine giornata vendo, quel che si è fatto, si è fatto»

«Ok, grazie, se guadagni, cosa prendo?»

«Il 10%»

«Davvero?»

«Sì, sono di parola»

Francesco le buttò un'occhiata di gratitudine densa e vischiosa, aprì la portiera e si dileguò prima che lei potesse ripensarci.

La giornata era stata lunghissima, Claudia si passò i due indici sulle tempie e operò piccoli massaggi circolari, stringendo le palpebre.

Era a un punto morto, come si suol dire.

Capitolo sesto

Francesco entrò nella stanza buia.

Accesa la luce fioca del bagno, Brooke fece un grazioso occhiolino dal poster.

"Baby sei sempre più cool!"

Ci stava riuscendo, era vicino alla meta. L'ipnosi doveva essere potentissima, gestire l'autostima, il flusso di emozioni, il potere di creazione.

Accese l'audio di un mantra, indossò le cuffiette e si versò del succo di frutta nel bicchiere di vetro sbeccato.

"Sei la versione migliore di te. Tu puoi realizzare i tuoi sogni. Sei felicità. Sei ricchezza"

La voce nelle cuffie era soave, arrivava a onde intermittenti, a più altezze di volumi e dall'auricolare destro e sinistro, anche accavallate. "Stai entrando in una fase profonda di rilassamento. Potresti ascoltare la mia voce dalla cassa di destra. Oppure dalla cassa di sinistra"

Si accomodò sulla poltrona, era tardi oggi, sarebbe dovuto entrare prima nel sogno, avrebbe mangiato una volta sveglio.

Era la sua grande occasione.

"Inizierò a contare da 300, 299, 298 potresti sentire la mia voce ormai lontana, una parte della tua mente continua a contare 275, 274 e una parte della tua mente potrebbe essere rimasta vigile e puoi ascoltare quanto ti dirò"

Chiuse gli occhi, era completamente rilassato.

L'immagine di Claudia, il suo volto intagliato con gli alti zigomi, le labbra carnose gli si presentò con gli occhi della mente. Era così bella.

"Evochiamo momenti di felicità, ricorda un momento vicino a te in cui hai provato momenti di incredibile soddisfazione, di piena realizzazione"

Lei si scioglieva i capelli, erano lunghi, castani e setosi come le modelle della Revlon quando scuotevano la chioma lunghissima e ondulata e la luce irradiava il loro volto candido, scioglieva i capelli e passava le mani tra i capelli con un gesto semplice e incredibilmente femminile.

Sei nel sogno, ricordati il focus: Facebook e l'aumento delle sue azioni.

«Ti piaccio? Ti piaccio un pochino, Claudia?»

Lei lo guardava, dolcemente, allungò una mano e gli accarezzo il mento gonfio e carnoso, prendendolo dentro il sogno, era dentro l'immagine come sé stesso, Francesco.

Non voglio essere me, ora divento un uomo molto bello, molto ricco simile a James Bond. Voglio agitare un Martini davanti a Claudia, ben vestito, curata, sbarbato e pulito. Voglio catturare il suo sguardo generoso per me.

Claudia diventò soave, fece passare le mani su tutto il suo corpo, accarezzò i seni, scivolò sui fianchi e si fermò al ventre e al pube.

Era sexy, con una camicetta slacciata sui seni, l'incavo che prorompeva dalla stoffa, i capezzoli inturgiditi che premevano sulla seta. Mi porse i polsi. Girati, vedevo chiaramente le vene bluastre, sottili che correvano fino all'avambraccio

«Legami»

«Claudia, non so se posso, non sono capace, non capisco cosa vuoi…»

«Legami, lì ci sono le corde, dietro a te»

Mi voltai. C'erano le corde, appoggiate su una sedia. Corde da marinaio, lunghe un metro, quattro corde adagiate sulla sedia in maniera scomposta.

Le presi, saggiai il materiale ruvido e consistente.

«Ti farò male»

«Legami»

"Una parte della tua mente rivive i momenti belli che hai vissuto, le emozioni importanti che hai provato, rivivili adesso e ricrea l'emozione per ripensarla tutte le volte che vorrai"

«Legami, sto aspettando»

Feci passare una delle corde sui polsi, uniti insieme, strinsi, aveva polsi piccoli una piccola nocciolina sporgente. Lei strinse le mani a pugno, le avevo fatto male, fece una piccola smorfia.

«Non voglio farti male, mi dispiace»

«Non è vero, Tu vuoi farmi male»

«Io voglio farti male»

"Ripensate ai momenti belli della vostra vita e rivivete le forti emozioni che vi hanno condotto a quei momenti d'amore per la vita, ripensateli e tratteneteli nella vostra memoria"

Presi il lembo della corda e lo legai alla sedia, Claudia mi seguì.

«Ora bendami»

«Mi dispiace non vedere i tuoi occhi»

«Bendami, sai che non vorrò vedere»

Mi voltai, sulla sedia era comparsa una mascherina nera, di quelle per dormire la notte. La presi e gliela indossai.

Le sistemai i capelli che non le andassero sul volto, tirandoli tutti indietro. Mi avvicinai per farlo, il suo odore, il suo profumo, era inebriante, dolce, sensuale.

Mi s'ingrossò il membro.

Pensa a Facebook, ricorda il tuo focus (ricordarsi di fissare l'intenzione, altrimenti il subconscio subentra)

Indugiai sui capelli.

«Hai dei capelli bellissimi, Claudia»

"Ricordate i momenti più belli della vostra vita, e ora ricordatevi che la tranche è un momento che può essere ripetuto molte e molte volte e come dal sonno ci svegliamo e non sappiamo come facciamo, eppure accade così ci svegliamo anche dalla tranche"

Indugiai sul collo, era aggraziato e sottile, una piccola catenina d'argento correva sulla pelle. Indugiai sulla pelle. Era setosa, morbida, saporita.

L'annusai, ne leccai un piccolo angolo.

Dolce.

«C'è una forbice sulla sedia»

Mi voltai, c'era una forbice appoggiata sulla sedia.

La presi in mano.

«Hai preso in mano la forbice?»

«Sì»

«Tagliami i vestiti»

Titubai, sei così bella Claudia, così perfetta, sei come Brooke, bella, perfetta, irraggiungibile.

Ricordati il focus, Facebook, le azioni, devi alzare le azioni! Domina il subconscio, domina il subconscio!

«Ho un lavoro da fare Claudia, è la mia grande occasione, se mi perdo adesso con te, vedi capisci, non posso, perdo tempo e non faccio quello che devo…aumentare Facebook»

«Tagliami i vestiti»

«No! Ora vado da Facebook, aumento le azioni, poi torno da te, ok?!»

Aspettami lì ferma.

Facebook, Facebook, Facebook.

Toglimi i vestiti.

Ecco si stava materializzando un alto istogramma, presi delle lettere da un cesto, le composi al di sotto dello stesso, F A C E B O O K.

Fatto.

Toglimi i vestiti.

Ora che si presenti una squadra di muratori, manovali, elettricisti.

Erano piccoli come lillipuziani, piccoli, tutti uguali, vestiti con una salopette blu e una maglietta bianca a mezza manica. E un assurdo berrettino con la visiera blu. Saranno stati circa una cinquantina, insieme a loro, macchinine, furgoni, betoniere, sacchi di cemento, travi di ferro. Scaricarono il materiale alla base dell'enorme istogramma, e cominciarono a issare le funi per salire sul monolite.

In breve l'impalcatura era montata, erano piccoli e rapidissimi. Li osservavo, la betoniera che mescolava il cemento, con il suo ronzio continuo, l'operosità di quelle piccole braccia, piccole mani.

Le mani di Claudia.

Toglimi i vestiti.

"300, 299, 298, 297 e come ci siamo addormentati, così lentamente torniamo alla coscienza, forse ci viene voglia di stiracchiarci, forse di sbadigliare, 245, 244, 243"

Mi voltai, ormai mi stavo svegliando, ripresi in mano le forbici, mi avvicinai a Claudia.

Era legata con i polsi allo schienale della sedia, in piedi, leggermente piegata.

Feci passare una lama della forbice sotto un lembo della camicetta, sulla schiena. Cominciai a tagliare.

La forbice tagliò la seta velocemente. I due lembi si aprirono sulla sua schiena, nuda.

Il gancio del reggiseno divideva orizzontalmente la sua liscia e bellissima schiena.

Il rumore della betoniera mi raggiunse di lontano.

Il monolite di Facebook stava salendo di altezza.

Sentivo che ansimava, la sua schiena si alzava e si abbassava velocemente.

Taglia il reggiseno.

Appoggiai le forbici.

Appoggiai i palmi delle mani sulla sua schiena e feci scendere la stoffa su ambo i lati del corpo, camicia e reggiseno si fermarono sui polsi.

Vedevo il contorno dei seni nudo, penzolavano eretti salendo e scendendo a ritmo serrato.

Controlla Facebook, è il tuo obiettivo, il tuo subconscio può essere dominato, controlla Facebook.

Presi le forbici nuovamente.

Infilai la lama nel bordo del pantalone di cotone. Tagliai.

Indossava un perizoma bianco di pizzo.

Mi scoppiava l'uccello nei pantaloni.

Non puoi, non farlo, lei ti serve, domani lei lo saprà, non farlo, non puoi avere la certezza che lei non ricordi o che una parte di lei trattenga questo sogno o che lo sogni a sua volta. Anche lei in un qualche modo è qui.

Domina il subconscio (da annotare, necessità assoluta di dominare la sessualità)

Lei strattonò i polsi legati.

«Ti fa male la corda?»

«Sì, fai quello che devi fare»

«Ti libero, no non farò nulla»

Le girai intorno, era bellissima con i brandelli di vestiti ai lati di lei, il seno nudo, grosso, con i capezzoli duri come diamanti.

Tagliai le corde.

I polsi avevano segni rossi quasi lividi come bracciali.

Se li prese tra le mani, massaggiandosi.

«Non posso averti»

Si tolse la benda dagli occhi.

Mi guardò, era stupita.

«Non mi vuoi?»

«Non ancora»

Presi le forbici in mano, erano forbici con una impugnatura asimmetrica, nere e arancioni.

Le impugnai correttamente con la mano destra, infilando il pollice e l'indice. Con la mano sinistra, le catturai una ciocca di capelli castani, erano soffici e incredibilmente profumati. Profumavano di pulito e di fiore appena sbocciato.

Tagliai la ciocca e la lascia cadere a terra.

«Perché?» Mi chiese lei, sorpresa ma remissiva. Il suo seno si alzava e si abbassava molto vicino a me. Era a piedi nudi, più bassa di me di circa qualche centimetro. Stetti attento di non sfiorarle i seni o la pelle, l'angoscia che un orgasmo mi esplodesse senza controllo nei pantaloni era un'eventualità terrificante. Come un adolescente eccitato, avrebbe riso di me. Mi avrebbe considerato un piccolo abnorme pervertito incontinente.

Tagliai un'altra ciocca, allineandomi all'altezza della precedente.

Cadde sui suoi piedi nudi.

Girai attorno al suo corpo.

Le sue natiche erano sode, alte, candide.

Tagliai ancora. E ancora.

Una piccola lacrima le sfuggì dall'angolo dell'occhio sinistro e cadde silenziosa.

«Ora?»

Non colsi rammarico o ironia, era solo una domanda.

Ricordati il tuo obiettivo, Facebook deve crescere, controlla.

«Ora ci svegliamo»

Lei piano piano divenne sfuocata, come una fotografia sovraimpressa.

Svanì. I suoi capelli per terra rimasero, a testimoniare la colpa.

Il monolite di Facebook era cresciuto, gli operai stavano ancora lavorando sull'impalcatura di ferro. Erano giovani imbianchini.

Puoi tornare, ricordati il subconscio deve essere controllato con forza oppure represso, lei ti serve. Aggiornare l'ipnosi, immettere sentimenti di bontà e generosità.

Francesco osservò il rigonfiamento turgido all'interno dei suoi pantaloni, abbandonò la forbice e strizzò forte il suo membro ristretto e confinato tra la stoffa. L'orgasmo arrivò forte e convulso, eiaculò per alcuni secondi negli slip, appoggiandosi con l'altra mano sul bracciolo della sedia.

Francesco batté le palpebre. Era immerso nel buio della sua stanza, accomodato malamente sulla poltrona logora.

Sui pantaloni si stava allargando un'orribile macchia.

Capitolo settimo

Claudia rimediò con uno chignon.

Sulla nuca sfuggivano piccole ciocche.

Si truccò con più cura del solito, scelse una maglietta nera con la manica lunga. I polsi erano tumefatti e doloranti. I grossi lividi viola erano troppo evidenti, in alcuni punti la pelle era addirittura abrasa.

Non aveva spiegazioni, era rincasata, aveva fatto una rapida doccia e poi era andata a letto a dormire. Da sola. Come sempre.

La mattina si era svegliata con i polsi lividi e i capelli lunghi appena sotto le orecchie, tagliati come potrebbe fare un bambino bizzoso a ciocche e di lunghezza dispari. Aveva controllato tutte le finestre, erano chiuse ancora dall'interno, la porta blindata non compromessa, l'allarme non aveva registrato nessuna intromissione. Le foto richieste via email lo evidenziavano chiaramente. Aveva dormito tutta la notte indisturbata nel suo letto.

Doveva arrivare presto in ufficio e comprare le azioni come da accordi, questo era il suo pensiero preponderante, quasi affliggente.

Una sorta di estasi adrenalinica le voleva far scoprire che Francesco aveva ragione. Avrebbe potuto guadagnare milioni di dollari in provvigioni. Prevedere il futuro, anzi comandare il futuro finanziario.

Sarebbe stata potente, stimata, sarebbe potuta assurgere tra i guru della finanza, così giovane e donna. E ovviamente sarebbe stata ricchissima.

L'ufficio era vuoto.

Impostò l'ordine di acquisto, sarebbe partito all'apertura dei mercati.

Rischiò con i soldi dell'Avvocato.

Aveva voglia di rivederlo.

Enrico arrivò più tardi, la trovò assorta davanti al monitor, Facebook registrava +6% in apertura.

«Cosa c'è? Che cosa è successo? Sembri in trance! Claudia!»

Le scosse una spalla.

Lei si voltò lentamente e lo mise a fuoco.

«Enrico» pausa, lenta consapevolezza del potere acquisito.

«Hai acquistato Facebook, mi è arrivata la notifica per email. Perché? Scende da giorni»

«Il gatto nero si è fermato qui da me»

«Donna! Dimmi perché lo hai comprato?!»

«Perché non cammino sotto le scale aperte e non lascio la borsa per terra»

«E' una bolla, adesso scende e alle 10,00 ti trovi con un pugno di mosche! E' stata una mossa avventata e hai messo a rischio la società! Ci insegnano in primis a ragionamenti ponderati, a rischiare l'uno per cento, capisci l'1%! Tu hai investito un milione di dollari non tuoi su una pazzia, su una bolla, su azioni che stanno perdendo il 3,28% al giorno da due mesi!» il tono di Enrico era in crescendo, come il suo colore via via più accesso e livido. Claudia lo osservava stranita, le azioni di Facebook erano a +7.34% ore 9,46 A.M. aveva guadagnato già 346.765, 000 $ di cui l'8% era suo.

«Vendi! Sciocca ragazza di periferia! Vendi! Cazzo Vendi! Crolla a breve, non può reggere!» Enrico stava urlando.

La mente di Claudia viaggiava alla velocità della luce, un raggio supersonico che valutava, ponderava, calcolava, indici, prospetti, strategie.

«Il gatto nero» sussurrò.

«Ma che CAZZO DICI! VENDI! STUPIDA DONNA SE MANGIAMO IL CAPITALE ALL'AVVOCATO CI LINCIA IL CULO»

«Rientro del capitale appena arriva +7.99%. Lascio l'utile in ballo fino a 8.99% poi rientro della metà dell'utile e lascio il restante fino alla fine della giornata. Ho già aggiornato il limite di perdita al capitale investito»

Enrico si lasciò andare sulla sedia a rotelle, si accasciò letteralmente come un sacco e cominciò a ridere forte con la bocca spalancata.

«Cazzo cazzo cazzissimo, sei un diavolo di donna, porca troia! Che cazzo hai combinato in un'ora! All'avvocato gli torna duro come una volta!»

Ora rise anche Claudia, il pensiero che l'Avvocato provasse una gioia smisurata, era per lei un piacere al di là della sessualità.

+ 8.01%

«Sono rientrata. Ora zero rischio»

«Cazzo Cazzissimo! Che bomba! Cosa mi compri gioia, me lo merito!»

«Un sigaro cubano in bocca a una figa nuda e vogliosa, con le tette talmente smodate da non vederne la fine»

Enrico rise fortissimo, l'adrenalina era travolgente, avrebbe scopato anche la portinaia del suo attico!

«Sale ancora! Che cazzo gli hai fatto? Aspetta non rientrare della metà, fai solo 1/3, ci sta, questo sale ancora, poi ci pentiamo di non aver rischiato e a + 9.5%»

«Arriva a 11 punti, lo so, me lo sento nella vagina vergine che non riesco a dar via»

«Ok fino a 10 punti tieni il capitale, poi 1/3 e lascia tutto il restante fino a 11 punti»

«Con questa velocità con cui sta salendo ci vorranno circa 8 minuti»

Si zittirono, gli occhi puntati al monitor.

+ 9.54%

«Sono rientrata»

«Brava, ora titillagliele bene che ti porti a casa un bel gruzzoletto»

Il telefono squillò nel silenzio teso di entrambi. Squarciò l'aria come una saetta o una meteora o un'eclissi lunare.

Si fissarono al primo squillo.

«Chi prende?»

«Tocca a te, lo sai che è lui»

Claudia sollevò l'apparecchio.

«Pronto»

«Lascia il capitale, rischiamo, chiudiamo a fine giornata»

«No Michele, non è saggio. Sono già rientrata, ora sono con l'utile, tra circa 3 minuti circa dovrei raggiungere +10 punti, allora rientro di 1/3»

«Ammontare del rientro?»

«567.000,00 dollari al cambio attuale»

«Restante?»

«348.875,00 dollari al cambio attuale»

«E li monti fino a che punto?» Claudia notò impercettibilmente che era passato al tu.

«+11.00%»

«Questo lo lasci fino a sera»

«Implode, è quasi certo»

«I soldi sono miei»

«Ma sono io che li amministro, almeno in questa sede»

«Claudia, lascia, ti sta già arrivando la disposizione scritta e l'autorizzazione»

La pec comparve un secondo dopo.

«Michele…» *portami a cena.*

«Mi hai fatto divertire molto oggi, Claudia, ti alzo la percentuale per questa operazione a 8,5%, ma fai sempre come ti dico, almeno in questi ambiti. In ogni altro contesto sono tuo devoto»

L'emozione l'assalì mordendola feroce allo stomaco.

+ 11.67%

«Sono rientrata mentre parlavamo»

«Ottimo, siamo d'accordo, ti saluto mia giovane e bellissima dea»

E riattaccò.

Claudia non osava alzare lo sguardo su Enrico, sapeva che vi avrebbe letto un turbamento importante.

«Sei ricca! Cosa ti compri, gioia? Vestiti? Macchine? Un uomo?»

«Niente…li metto da parte dentro qualche Opzione Vanilla, quella come sai non creano questa adrenalina, ma funzionano sempre»

«Sono come i rapporti consumati, direi, poche sorprese, massimo calore»

«L'Avvocato dice di mantenere l'utile dentro fino a sera. Io quindi ho finito, vado a prendermi un caffè, una brioche e un succo di frutta. Ti porto qualcosa?»

«No gioia, lascia stare, non riuscirei a ingurgitare uno spillo»

Claudia si avviò verso il bar, era presto forse per trovarci Francesco, una vocina però le diceva che lui era lì ad aspettarla.

«Un cappuccino caldo con latte di soia e una pasta integrale al miele»

«Subito Miss!»

Al banco un ragazzo dinoccolato, imbrillantinato e con un naso adunco degno di un divo, le servì un cappuccino di schiuma morbida e densa, con un cuore più scuro al suo interno, formato dalla miscela del caffè.

«Bello! Grazie! Francesco?»

«Ahh vuoi lui? Mi si spezza il cuore…è dietro a sistemare i cartoni nel magazzino, te lo chiamo?»

«Se posso lo raggiungo io, dovrei parlargli in privato»

«Quello che vuole, bella signora, dietro al banco nella porta antistante la toilette, lo trovi lì…ma preferire lui a me…»

Claudia sorrise freddamente, non preferiva nessuno.

Bevve un sorso del cappuccino e si diresse spedita nel magazzino.

«Francesco?»

«Eccolo! Claudia! Me lo immaginavo sai. Sei una persona onesta e sensata, immaginerai che puoi guadagnare molto di più»

«Mi hanno concesso l'8.5% di provvigione, la metà come da accordi è tua»

Rispose asciutta.

Francesco sorrise, un sorriso stiracchiato e lungo, del vittorioso.

Si stava godendo il momento.

«C'è una cosa però…»

E parlando Claudia si sollevò le maniche della maglietta attillata, mostrando i polsi. Poi lentamente sciolse lo chignon, liberando il caschetto rozzo che immediatamente le incorniciò il volto reso pallido dall'adrenalina.

«Questi cambiamenti dipendono da te?»

Francesco divenne repentinamente viola in volto. Abbassò lo sguardo e cercò un punto indistinto tra la bugia spudorata e la fuga che evidentemente per la sorpresa, non trovò.

Fece un cenno con la testa che poteva essere un'affermazione.

«Come è potuto capitare?»

«Non lo so …» era un sussurro.

«Sì che lo sai!»

«Sei finita nel sogno lucido…»

«Mi ci hai portata tu! Non si finisce per caso nei sogni degli altri!»

«Non l'ho fatto apposta! Claudia! Lo giuro su Dio! E' il subconscio, non sono scienze esatte! E' tutto empirico e da sperimentare! Stavo facendo altro e sei arrivata lì»

«E così hai deciso di tagliarmi i capelli e legarmi i polsi?»

«No no no no …un incidente! Non capiterà più te lo prometto!

Ho capito come dominare il subconscio… starò attento! Il nostro

obiettivo sono i soldi!»

«Il mio certamente, tu invece sei un maniaco»

Francesco era sull'orlo delle lacrime.

«Non lo farò mai più, starò attento, perdonami»

«Come posso dominare il sogno, io?»

«Non puoi ci vogliono anni di sperimentazioni, non è così

semplice… non è che dormi allora sogni e crei la realtà»

«E com'è, spiegamelo tu?» era allusiva, Claudia non lo avrebbe

mollato.

«Ti posso mostrare se vuoi…» ricominciò a guardarlo speranzoso.

«So che lo farai di nuovo, sei marcio, il tuo subconscio come lo

chiami tu, ti porterà lì, non voglio neanche immaginare cosa mi hai

fatto nel sogno. Resto nel nostro progetto se mi dai i mezzi per

contrastare questo, da solo, è evidente, non puoi farlo. E la Polizia

non mi crederebbe»

«Proviamo ad addormentarci insieme, non so cosa succede, ma possiamo provare. Inizialmente forse nulla ma forse a lungo andare, potremmo comunicare nel sogno, tu sei una proiezione mia ma io sono la tua»

«Ok, oggi è mercoledì. Abbiamo ancora giovedì e venerdì per guadagnare, voglio arrivare a 1 milione per venerdì. Tu hai il 4%»

«Ok, ok»

«Stasera da te. Ore 23. Immaginerai, sognerai che sale lo S&P, normale, lineare come sempre, giochiamo in protezione»

«Ok»

«Se mi capita qualcosa, ti uccido come un cane»

«Ok non accadrà nulla, tutto ok, Claudia, quando posso avere i miei soldi?»

«Sono già trasferiti su questa carta di credito derivata dalla Blockchain, la puoi usare su ogni circuito, prelevare da ogni sportello automatico, effettua la conversione dai Bitcoin a Euro al cambio attuale»

Claudia porse una carta di credito nera, con un logo oro iridescente.

Francesco la prese.

«Come faccio a sapere quanti soldi sono sul conto della carta di credito?»

«Questo il conto, queste le credenziali, se vuoi puoi anche operare bonifici o trasferimenti bancari»

Claudia porse un foglietto scritto a matita.

«Non vuoi lasciare tracce?»

«Se mi succede qualcosa, qualsiasi cosa, ho depositato in una cassetta svizzera, il racconto di questa vicenda»

«Non ti succederà nulla»

«Non si sa mai, la Polizia non mi crederà, ma verranno dritti da te e dai tuoi soldi»

«Capito»

«A stasera Francesco, non vedo l'ora di provare, a dire il vero»

«Se t'insegno, mi mollerai»

«No...vedi tu pensi che le persone siano marce come te, no non ti mollerò se m'insegni, perché non ho voglia di fare anche questo, sognare, creare ecce cc è il tuo ruolo, non voglio svolgerlo io. Io investo. Mi serve solo contenerti, per proteggermi. Capirai che mi dispiace svegliarmi con i polsi tumefatti e i capelli tagliati…»

«E' chiaro, a stasera»

«Ciao»

Si girò e sculettando sui tacchi, si allontanò.

A fine giornata ancora le azioni Facebook salivano, + 15.43%.

«Lasciamo o chiudiamo?» Enrico la osservava. Era pallida.

«Quanto abbiamo fatto?»

«698.392,00 dollari al cambio attuale»

«Più gli altri»

«Più gli altri»

Un sorriso percorse Enrico e si riverberò su Claudia. Un silenzio carico di benefico umore li avvolse.

«Chiudiamo»

«Ok gioia»

Claudia si alzò, era improvvisamente stanca.

«Vado a casa, ho bisogno di una doccia»

«Certo un bacio, chiudo io, riposati»

Percorse il corridoio lentamente, sentiva il rumore dei tacchi che sbattevano sul marmo. Prese l'ascensore e discese nell'atrio del palazzo. Fuori in strada era già buio, un'aria frizzante la colpì in volto, respirò a pieni polmoni. Un accenno di nausea la colse. E lì davanti al portone sulla strada era parcheggiata una Bentley familiare.

La portiera si aprì.

Claudia si avvicinò titubante. Non era pronta.

«Salga»

Capitolo ottavo

«Avvocato sarei stanca, è stata una giornata lunga…domani senza problemi»

«Salga»

All'altezza del pube, un intimo segreto si contrasse voglioso. *Sali.*

«Che cosa è successo stamane?»

L'abitacolo aveva il classico e inconfondibile odore delle Bentley. Interni cuciti a mano, a losanghe, radica anticata alle portiere e tappetini morbidi in panna. La luce di cortesia dell'auto si spense. Michele premette un bottone e il divisore tra loro e l'autista, si sollevò silenziosamente. Era oscurato.

Era evidente che considerava la sua privacy importante.

«Ha avuto una soffiata?»

Claudia lo osservò. Indossava un gessato azzurro. Come il blu dei suoi occhi intensi. Portava i capelli tirati indietro, come se avesse passato le mani più e più volte nella giornata, lievemente più lunghi sul colletto della camicia. Due bottoni aperti, senza cravatta.

Le spalle ampie, la vita stretta. E le gambe morte.

«Su mi parli, Claudia…cosa è successo oggi? Lei è una Signora molto assennata, non è da lei»

La inchiodò con gli occhi. Una mano si avvicinò, afferrò la sua. Era calda, salda, forte.

Claudia sentiva la saliva prosciugarsi in gola, avrebbe davvero voluto parlare, ma non le usciva nulla. Fissava gli occhi di Michele e non pensava a nulla. A nulla se non quanto erano blu.

La sinistra era presa, ma con la destra gli accarezzò il dorso della mano, lievemente come fosse un solletico, con i polpastrelli che passarono sinuosamente e lentamente sulle linee dell'indice, poi sul dorso fino al polso. La sua pelle era morbida con qualche pelo nero sulle dita che bizzarro e traditore spuntava beffardo. Erano mani che non avevano mai lavorato, che avevano sfogliato libri, consumato enciclopedie, firmato contratti ma che davvero non avevano mai lavorato.

Non avevano calli, non erano rugose, erano morbide e lisce, compatte e vagamente profumate d'arancio.

Lui fissò la mano di Claudia, come fosse un serpente sulla sua, attonito e sbigottito dall'intimità.

La fermò con l'altra sua libera.

Entrambi guardavano il loro intreccio. La manica di Claudia si sollevò, era inevitabile.

«Che cosa sono questi segni?»

Le prese delicatamente il polso, liberandolo totalmente, per guardarla diritto negli occhi.

«Nulla, un incidente»

«E' un amante?»

«No»

«Non vuoi dirmelo?»

«No, ora no, magari in seguito»

Si zittirono.

«Starai attenta?»

Lei stiracchiò un sorriso.

«Se ti chiamerò, verrai? Se ti chiamerò da qualunque posto, verrai?»

Il silenzio li avvolse.

E' sempre vero che quando è importante, le parole non servono.

«Sì. Per te, verrò» Portò delicatamente i polsi alla sua bocca e li baciò intensamente, aspirandone l'odore con le narici.

Poi glieli consegnò, perché erano suoi, di lei, anche se il desiderio segreto voleva condurli via per sempre e annusarli in ogni momento.

Claudia aprì la portiera, l'emozione le aveva condotto il cuore martellante alla gola, uscì.

Poi fuori dall'auto prima di richiudere la portiera, vide che lui si era sporto per un ultimo sguardo.

Claudia si chinò, rientrò con il busto nell'abitacolo e cercò per un fuggevole momento le sue labbra carnose.

Le assaggiò velocemente nella sorpresa adolescenziale di lui, che mutò subì la morbidezza e l'istantaneità di quell'innocente bacio a fior di labbra. Poi Claudia si ritrasse vergognosa e chiuse la portiera.

L'immagine di lui, con gli occhi sbarrati, sorpresi, languidi la seguì fino alla sua macchina. Entrò velocemente, mise in moto e sgommò verso casa sua.

Claudia era pronta. Bussò all'indirizzo di Francesco. Lui l'aspettava.

La sua casa era uno sconcerto, sporca, disordinata, un loculo di due stanze zozze con quattro mobili rotti disposti a caso.

«Accomodati, non so dove, non ho un'altra poltrona»

«Mi metto sul letto. Io sola»

Tirò, sulle lenzuola sgualcite, il copri coperta, di quelli vecchi che usano gli anziani, con stampe floreali e drappeggi agli angoli.

«Cominciamo?»

«Sì certo, io in genere m'ipnotizzo, non credo valga anche per te ma non saprei da dove cominciare in due, per me è una nuova sperimentazione»

«Dove ti metti tu?»

«Su quella poltrona» indicò una poltrona logora in pelle con la seduta scucita e l'imbottitura che usciva beffarda da un angolo.

«Allora accomodati e cominciamo»

Claudia si sdraiò sul letto, era in tuta da ginnastica e aveva sistemato i capelli in un bel caschetto moderno.

Sembrava una bambina.

«Faccio partire l'ipnosi, metti le cuffie, l'ascoltiamo in Bluetooth»

«Ok, così ci si addormenta?»

«Sì io mi addormento e immagino il mio sogno, tu immaginerai il tuo, proviamo a immaginare l'unico sogno, ossia che costruiamo la S&P»

«Ok, naturalmente non potremo comunicare perché dormiremo giusto?»

«Ovvio, tu sarai nel mio sogno, da verificare se vieni tu oppure l'immagine che io creo di te, un'altra cosa. Forse i capelli ci aiuteranno…non so vedremo. C'è una cosa importantissima da sapere. Il sogno lucido nel momento in cui lo vivi, è reale. L'unico modo di capire se stai sognando, è fare un gesto, un'azione concordata»

«Ok mi pare logico, qual è?»

«Infilare l'indice sinistro nel palmo destro, se passa, stai sognando»

«Fantastico se mi buco con il dito, è un sogno»

Francesco sorrise, pregò interiormente che il suo subconscio si calmasse.

«Poni l'attenzione sul nostro focus e cerca di venire da me. Cominciamo»

"Sei una persona meravigliosa, sei una persona al meglio delle tue possibilità, sei il massimo che puoi immaginare per te..."

«Scusa ma cos'è questa merda?»

«Non funziona se non ci credi, potresti non essere la persona scettica e realista che sei di solito?»

"Immagina di essere in un giardino fiorito, è un giardino costruito all'interno di un piano che raggiungi facilmente, questo giardino è pieno di fiori di ogni genere, rose, magnolie, gelsomini, e in mezzo a questi fiori si trova una fontana che zampilla acqua di fonte"

Francesco si stava lasciando andare, era leggermente più nervoso ma sapeva che sarebbe stato solo nel sogno, come al solito e Claudia avrebbe sognato il suo, forse.

Si ritrovò nella solita dimensione bianca, fischiò forte, arrivarono gli operai dell'impresa edile in miniatura, erano centinaia. Si raggrupparono intorno a lui, gli arrivavano all'altezza del ginocchio, ma erano per la loro statura davvero agilissimi e velocissimi, almeno il triplo di una persona di normale altezza.

«Siete stati davvero bravi la scorsa volta! Voglio ricompensarvi!»

Estrasse dal taschino della giacca, caramelle e dolciumi, tantissime caramelle di ogni colore, gommose, alla frutta, gelatine, al latte e le lanciò in aria che ricaddero come una pioggia sui manovali mignon.

«Vi adoro! Voglio darvi un'altra ricompensa, dei soldi, delle monete»

Tirò fuori dal taschino dei dobloni d'oro, grandi, spagnoli, con la figura di un re incisa su un lato e li lanciò come aveva fatto con le caramelle.

Il coro che si aprì al lancio fu davvero di gioia e allegria!

«Farete un ottimo lavoro anche oggi, vero?»

«Sisisisisiisisisiisisisiisisisisisiiisisiisisisisisisiiisisisiis»

Un sibilo velocissimo che appariva certamente come un assenso convinto. In men che non si dica si dileguarono in ogni dove, in ogni angolo, per poi ricongiungersi sotto l'indice. Stavano già costruendo l'impalcatura.

Mi guardai attorno, ero ancora brutto.

«Voglio essere bello e attraente, un uomo di successo ben vestito»

Le mani non erano più rugose, ma lisce, il volto con la barba, curata, i capelli folti e lunghi, li sentiva sotto i polpastrelli. Erano lunghi fino al sedere e raccolti da una coda indiana,

La mollezza del petto era stata sostituita da forti pettorali, il ventre era piatto e forti muscoli nelle gambe tiravano il tessuto dei pantaloni di lino.

«Sono solo qui?» urlò forte, anche la voce era baritonale, imponente.

«No tesoro, sono con te…»

Eccola, la mia dea.

Claudia avanzava stretta in un vestito rosso attillato.

Aveva i capelli lunghi fino alla vita, gli occhi intensi da cerbiatta e dei tacchi vertiginosi.

In una mano teneva mollemente una corda.

Lei sta dormendo nel tuo letto. Ricordati che tutto quello che le farai qui, verrà scoperto di là.

«Tesoro cosa vuoi da me, oggi?»

«Voglio che mi togli l'aria»

«Come faccio a toglierti l'aria?»

«Impiccami con questa. Me la leghi al collo e mi lasci appendere mollemente. Poi quando non respiro più, allenti la pressione e mi sollevi»

«E' pericoloso, potrebbe sfuggirmi di mano e tu potresti morire per asfissia»

NON GIOCARE A QUESTO GIOCO! PERICOLO! SVEGLIARSI SUBITO!

«Sarà una cosetta per te che sei così forte, con questi muscoloni ...» fece passare una mano laccata sui miei bicipiti, e nel contempo si leccò le labbra avida.

«Guarda è facile» si passò la corda intorno al collo e fece un nodo scorsoio, stringendo fino a che la corda non fosse adesa al suo collo.

Poi lanciò lei stessa l'altro capo in alto.

Comparve una barra a due metri di altezza. Non aveva né un capo né l'altro. Era infinita.

La corda ci passò sopra e ritornò dall'altro lato.

«Salgo sulla nostra sedia preferita»

Comparve la solita sedia.

Lei ci salì sopra con i tacchi. Poi dato che barcollava, levò un tacco e poi l'altro lanciandoli lontano. Così facendo allargò le gambe scoperte dal mini abito rosso e intravidi il suo pelo castano.

«Non no pporti le mmutandine»

«No, non le porto, l'ho fatto per te»

«Lega il capo della corda libero alla sedia»

Lo feci.

Il mio viso, la mia bocca era all'altezza del suo pube.

L'eccitazione era rovente, mi pulsavano le tempie forsennatamente.

NON GIOCARE! PERICOLO! SVEGLIATI, NON E' PIU' SANO CONTINUARE

«Ora devi togliere la sedia e farmi penzolare…io soffocherò e prima che io muoia, mi sollevi e mi fai prendere aria»

«No io non lo faccio»

«Sì che lo farai, sei tu stesso che hai ideato questo gioco, è il tuo senso di colpa che si giustifica, facendo architettare questo progetto a me piuttosto che a te, ma ti giuro è tutta farina del tuo sacco! Quindi sì che lo farai!»

«Ho bisogno di un incentivo…»

«Vedi che ragioni piccolino…»

Mi accarezzò la testa con una mano, ghermendomi la nuca.

Con l'altra si sollevò la gonna e liberò le cosce. Poi spinse la mia testa dal suo pube peloso.

«Leccami»

Sentivo l'odore vagamente acido del suo sesso. Era bagnata e larga, due labbra prominenti mi aspettavano umide. Infilai la lingua come un randagio nella ciotola del cibo e leccai avidamente i suoi umori, la carne, il pelo.

Spintonai la sedia, e la presi a cavalcioni.

La reggevo io, malamente perché sentivo che ansimava. Non per l'eccitazione.

Si reggeva alla mia testa, quando la lasciavo andare un po', ansimava e si contorceva.

Dopo qualche minuto la sentii irrigidirsi e allentare la presa sulla testa. Allora prontamente le concessi l'aria, sollevandola.

«Tutto bene?»

«Ancora, stavo arrivando …»

Mollai ancora la presa, lei rantolò e si aggrappò alla mia testa, allora affondai vorace nella sua vulva, mi esplodeva la testa.

Cominciava a essere scomodo, ripresi la sedia e le diressi i piedi sopra.

«Voglio di più»

Il suo vestito era raccolto alla vita.

La girai. Aveva un sedere tondo e natiche sode come il marmo.

«Voglio prendere il tuo culo»

Slegai la corda dalla sedia e la feci passare oltre la barra sospesa in aria. Poi presi fortemente la corda come fosse un guinzaglio e la feci chinare in avanti, esponendomi il suo grazioso e tondo sedere. Mi slacciai i pantaloni e feci fuoriuscire il mio membro turgido.

Ci sputai sopra e glielo puntai contro come un bazuka pronto a sparare e inizia a spingere nel piccolo buco.

Sentii i suoi muscoli che si stringevano, allora tirai la corda.

«Lasciati andare o ti strozzo, apri quel cazzo di culo»

PERICOLO PERICOLO IL SUBCONSCIO E' FUORI CONTROLLO! HA ROTTO GLI ARGINI! SVEGLIARSI, SVEGLIARSI!

«Non dipende da me, sei tu che non sei capace…»

Tossì mentre stizzito tiravo la corda.

L'uccello stava perdendo la sua erezione e non riuscivo a riprenderla.

Puntai ancora e spinsi forte ma i muscoli anali erano di marmo, non si ammorbidivano. Allora mi avvicinai e sputai su quel bel culo.

La mia erezione stava diventando una salsiccia cruda, molle e avvizzita.

Lasciai la corda, lei tossiva.

«Dove sono?»

Mi voltai di scatto. La voce di Claudia era dietro di me.

Claudia era dietro di me.

Ma era anche davanti a me, china su una sedia con un cappio al collo, e un vestito rosso arrotolato in vita mentre tentavo di sodomizzarla e di strangolarla insieme.

«Dove sono?» ripeté.

Era lei, era la Claudia vera, ci era riuscita, era nel sogno, non mi riconosceva perché ero diverso, un macho.

Ma poteva riconoscere sé stessa.

«Come mai sono finita qui?» era un'altra voce. Da sinistra, sempre di Claudia, di un'altra Claudia, questa indossava un tailleur nero e portava i capelli raccolti in una baldanzosa coda di cavallo.

«Voi chi siete?» da destra, un'altra Claudia, sempre lei, in bikini con un pareo multicolore sulle spalle e i lunghi capelli sciolti.

«Scemo, quella vera sono io» Eccola in tuta con il caschetto.

Ce n'erano almeno venti di Claudia, si stavano avvicinando a me. Lasciai il cappio. La Claudia in rosso si mise eretta e si sistemò garbatamente il vestito.

Il cappio penzolava come un serpente al suo collo.

«Ho sempre pensato che leccasse bene, volevo provare…non è mica una colpa?»

«E come te l'ha leccata?»

La Claudia in rosso iniziò a ridire, rideva forte, si aggiunsero anche le altre, le risate erano sovrastanti, annichilenti, biasimanti.

SVEGLIATI, SVEGLIATI, SVEGLIATI!

«Non posso. Svegliarmi. Sono immobile»

Francesco riaprì gli occhi con un ansito convulso. Aria satura gli inondò i polmoni. Il buio era nella stanza. Il buio, lui affossato nella poltrona e Claudia adagiata nel letto.

Attese qualche secondo che gli occhi si abituassero, la lieve luce lunare che entrava dalla finestra lo aiutò.

Lei era una massa scura sul letto, immobile.

Sentiva il suo respiro regolare.

Si passò una mano sul volto, il subconscio lo aveva fottuto anche stavolta. Era necessario trovare un metodo per dominarlo e sottometterlo, ancora troppo instabile, ancora troppo instabile.

Si alzò e si avvicinò a lei. Le pose garbatamente una mano sulla spalla, per svegliarla, era curioso di sapere se ricordasse il sogno, se anche lei era dentro o solo la sua mente aveva ideato le Claudia.

«Claudia, svegliati…ho già fatto»

«Cosa? Ah sì…ok stavo dormendo…»

«Sì, ricordi qualcosa?»

«No»

Cercò di osservarle il collo, non percepiva nella penombra nessun segno, forse si sarebbe salvato.

«Se così bella…»

«Anche tu mi piaci…vieni sdraiati qui»

Francesco trasecolò.

«Sono sporco. Non ti piacerebbe»

«Lascia decidere a me»

«Ho fatto quello che mi hai chiesto, l'indice domani salirà»

«Ok bene, ora vieni qui di fianco a me»

Francesco ci pensò un attimo, poi si tolse le scarpe e le calze e le buttò lontano.

Appoggiò un ginocchio sul letto, cigolò, e poi l'altro.

Si sdraiò compresso e timido di fianco a lei.

«Alla fine sei anche un uomo piacevole...» Claudia fece passare una mano dal suo collo e lo attirò a sé. La lingua si insinuò immediatamente nella bocca di lui. Sapeva di salato e stantio.

Francesco non sapeva baciare, si arrangiò con la lingua come poteva, muovendola imbarazzato.

Lei gli slacciò i pantaloni e lo prese sotto di sé.

Veloce si era liberata della tuta da ginnastica.

«Toglimi le mutandine...»

«Cosa? Ma sei sicura?»

«Sì»

Con le mani gli abbassò i jeans e le mutande rozze, prese il suo membro blandamente eccitato e se lo infilò.

Francesco era allibito.

«Muoviti dentro di me, fammi godere»

«Sono sporco non mi sono lavato...Come puoi volermi?»

La guardò meglio nella penombra, era Claudia e non era lei, era Brooke. Era la sua ex moglie.

Era una ragazza incontrata per strada ieri con una bel decolté.

Era la barista della mattina.

Era la moretta che salutava di tanto in tanto sul bus.

«NOOOOOOOOOOOOOOOOOOOO»

Svegliati!!! SVEGLIATI! Subconscio del cazzo! Mi stai facendo arrabbiare! Questo no!

Fece passare il dito indice sul palmo della mano, la oltrepassò.

Stava dormendo era nel sogno.

Si alzò repentino, allontanandosi.

«Ora mi sveglio! ORA MI SVEGLIO. SUBITO»

Sprofondato nella poltrona.

Non osava aprire gli occhi. Il silenzio era nella stanza.

Fece passare il dito indice sul palmo della mano destra. L'indice toccò e batté sulla pelle ruvida.

Sospirò sollevato.

Da annotare, terribile! Trovare un metodo per svegliarsi rapidamente. Incredibile il sogno mi possedeva, non riuscivo a svegliarmi, non sapevo se era il sogno o la realtà. Lo stato di confusione mi ha frastornato completamente.

Si prese il volto tra le mani. Era sudato, un velo di madido liquido gli imperlava la fronte gelida.

Claudia stava dormendo. Un'orribile sensazione di dejà vu lo attanagliò allo stomaco.

Restò inchiodato alla poltrona, non voleva alzarsi, non voleva respirare, pensare, immaginare.

Il paradigma lo dominava. Il paradigma della sua esistenza, un uomo sfortunato, rozzo, acerbo per ogni opportunità, sventurato in ogni realtà. L'inghippo, il fardello s'insinuavano nefasti anche in questa occasione. Era impossibile immaginare un sé potente, colto, immaginifico, anni di desolazione, anni di privazione morale e affettiva avrebbero sempre reso torbida ogni immaginazione. Ogni persuasione, ogni seduzione. Era il suo paradigma, a cui non poteva sfuggire se non con la morte.

«Cosa è successo?» era il sussurro di Claudia.

«Nulla!» urlò troppo forte, troppo presto, lei era sull'attenti, già sveglia.

«Cosa è successo?»

«L'indice è salito»

«Ok»

«Ti ho strangolata»

«Ah» Claudia si avvicinò, figura nera nel buio dai contorni sfumati, quello che appariva un braccio si alzò a toccarsi il collo.

«Sono qui però, cosa è andato storto?»

Francesco si calmò. Trasse un profondo respiro.

«Nel sogno, ma era un gioco, infatti non è accaduto niente. Tu eri con me, non ricordi?»

«No»

Accese la luce elettrica a tentoni, strizzarono entrambi gli occhi.

Si diresse senza guardarlo allo specchio del bagno.

Poi tornò davanti a lui, in silenzio, Francesco trattenne inconsciamente il respiro.

«Tu lo sai vero?»

«Sì, non so perché il sogno deraglia in questo modo»

«Perché i segni si vedono nella realtà?»

«Non ne ho idea. Ci fermiamo quando vuoi»

«Ora vado a medicarmi. A casa mia. Domani vediamo se hai fatto il tuo compito, quello reale. Poi deciderò»

«Sono dispiaciuto»

«Non dire nulla, sei un'anima corrotta, per questo esce fuori questo, mi pare ovvio»

«Tu ricordi qualcosa? Perché tu c'eri. Anzi molte te»

Prese la via della porta, lentamente.

«Una corda legata a una donna vestita di rosso, mezza nuda, che mi assomigliava, china come un cane ammaestrato e il tuo pisello moscio che voleva violentarla»

Il silenzio era gelido.

Aprì la porta e uscì, lasciandola aperta dietro a sé.

Capitolo nono

La luce del giorno le ferì gli occhi, indossò i suoi occhiali da sole.

Aveva nascosto i segni con un dolcevita a collo alto.

«Enrico buongiorno, come stai? Dormito bene?»

«Sì abbastanza, sono felice per te e questo mi porta del sereno in ogni ambito»

«Tu invece? Come si sta da ricchi?»

«Assonnati, una nottataccia…»

«Andiamo subito in ufficio, lo prendiamo dopo il caffè, vuoi?»

Claudia non desiderava vedere altri, il suo unico pensiero andava allo S&P e al suo andamento.

Erano le 8,30 del mattino. Il mercato apriva tra 30 minuti esatti.

Avrebbe fatto appena a tempo a piazzare l'ordine.

«Sei nervosa e taciturna, il tuo umore dovrebbe essere un altro, rilassati hai fatto uno strike pazzesco ieri, puoi respirare…»

«No ora no, questi due giorni voglio che siano memorabili!»

«Mi nascondi qualcosa, che ti piaccia l'Avvocato è evidente, ma non credo sia questo, piuttosto come un segreto, sembra che tu abbia delle informazioni e le voglia verificare in fretta. Come se il gatto nero ti sussurrasse una strada che solo lui vede»

«Il gatto nero…quante volte muore?»

«Sette»

«Allora per altre cinque volte mi sarà permesso di rischiare…»

«Cosa dici?... non capisco»

«Niente, niente, ti prego Enrico, io vado, non voglio essere sgarbata ma voglio vedere come aprono i mercati e avere il tempo di piazzare un ordine»

«Ok gioia»

La osservò allontanarsi verso il portone dell'edificio.

Accese i monitor, acquistò in buy. Attese.

Il rumore della porta.

8.57 A.M.

«Tre minuti»

«Siediti Enrico, silenzio»

9.00 A.M.

L'attenzione era sull'indice.

Il grafico segnò un'accelerazione vertiginosa, l'ascesa della linea azzurra era paradossalmente ridicola, in confronto al leggiadro parallelismo della notte. Il cateto del triangolo s'impennò, formò il vertice del minuto, rinculò di qualche punto e si rialzò nel minuto successivo. La curva sinusoidale dell'indicatore stocastico, previde due altre montagnette nei minuti a seguire, a rialzo, per rinculare lievemente di qualche punto e accelerare nuovamente nel minuto successivo.

«Questo credo sia il miglior alzabandiera che vedo da dieci anni almeno!»

Claudia lesse con voce atona.

«+9 punti in 8 minuti»

«Dimmi che hai preso in buy…»

«Esatto bimbo»

«Sei la mia dea… cosa fai vendi ora, porta a casa, è impossibile continui»

«Ho piazzato lo Stop loss, se rincula, ci portiamo a casa 8 punti di guadagno»

«Quanto? E di chi?»

«Non lo vuoi sapere»

«Questo è scalping da forsennata, se lo impara il boss, o t'idolatra o ti licenzia»

Silenzio.

Claudia si massaggiò il collo, per un terribile e lunghissimo minuto fu tentata di confessare. Le doleva la gola, faticava a deglutire e la lingua da ieri sera era gonfia e pastosa come se avesse mangiato qualcosa di urticante.

«Mi porti qualcosa da bere, faccio fatica a deglutire»

«Ci credo gioia, hai dei rospetti secondo me che ti danno qualche pensiero»

«Enrico smettila, nessun rospetto, nessun gatto nero. Solo leggo le notizie»

«Ma va Claudia! Non mentire! Non c'era nessuna notizia!»

Si vergognò.

Il telefono squillò insistentemente.

Era il suo cellulare personale, si stupì, lo aveva dimenticato accesso.

«Pronto?» chiese titubante, in pochi avevano il suo numero di telefono.

«Sono Francesco»

«Non mi chiamare qui»

«Sì lo so, ma ero emozionato»

«Smettila, ci vediamo dopo, ora mi disturbi»

«Ricordati di me»

«Io mi ricordo» e staccò la telefonata.

Era affannata, Enrico se ne accorse, la fissava meditabondo.

«C'è qualcosa che non va, investi come se prevedessi il futuro, vesti invernale con 19 gradi, ti sei tagliata i capelli con la motosega e ricevi telefonate durante il lavoro. Ma non solo, sei nervosa. Tu non sei mai nervosa. Hai un carattere pacifico, sei allegra e soprattutto non avventata» Enrico la fissava intensamente.

«Uno stop loss è scattato, si è chiuso l'ordine. Ne avevo impostati due, l'altro più largo, lo tengo fino alle 11,00»

«Non sono soldi tuoi»

«Vero Enrico, vero. Ora rilassiamoci, ho l'andamento dello stocastico a 4 h, è in salita, sono le 9,00 A.M. sicuramente fino alle 11,00 A.M. l'andamento è ascendente, con flessioni, certo, ma in ascesa. I punti di minimo e massimo dei vertici sono a rialzo. E poi ogni 10 centesimo di punto gli stop si aggiornano e seguono il price»

«E' scalping»

«Sì, avevo una soffiata in questi due giorni, lo sapevo, scusami non te l'ho detto per non metterti in difficoltà, facciamola easy, vuoi? Quando mi sentirò sicura che le soffiate sono sicure, le passerò anche a te»

«No grazie» Enrico si girò verso la porta, stava uscendo seccato.

«Oggi ho appuntamento dal parrucchiere…»

«Brava, con tutti i soldi che hai guadagnato, puoi permetterti un buon taglio»

Si voltò verso i monitor, S&P saliva implacabile, il collo le doleva, la notifica di una email comparve sul display del cellulare.

Michele.

«Pranzo?»

Una semplice parola. L'emozione invase il suo volto, il cuore iniziò a battere prepotentemente, lo stomaco si contrasse bizzarro.

Digitò lentamente, «Sì, alle 12,00 qui?»

Attese qualche secondo che comparisse la risposta.

«Naturalmente»

Con quest'uomo le parole erano superflue, come amenicoli in una stanza scevra, inutili balbuzie, con lui erano altri gli interlocutori, il cuore e l'anima. Lui leggeva quanto di nascosto e imponderabile persino Claudia non conosceva di sé stessa. Lo leggeva e la interpretava con un vocabolario di pensiero. Lui pensava, immaginava, lei. Il pensiero rimbalzava e la realtà si definiva come onde circolari in un'acqua piatta.

Scrisse, «Lavoro?»

«Piacere»

I capezzoli si rizzarono sotto la maglietta, era eccitata e nervosa.

«Oggi quanto?»

Si riferiva all'operazione del mattino sull'indice, d'altronde per ogni entrata lui riceveva conferma dal programma.

«Molto»

Guardò i piccoli istogrammi rossi e verdi, stavano lievemente flettendo a ribasso.

Chiuse entrambe le posizioni. Era preda di sé stessa. Il silenzio e un lento cadenzare dell'orologio l'avvolsero. Appoggiò la testa sulla scrivania, era fredda, ne ebbe un lieve sollievo.

Aprì gli occhi, tutto intorno a lei era bianco, non c'era il pavimento, né muri, né soffitto, né dimensione. Era tutto bianco, lei stessa era vestita interamente di bianco, scoperto solo il volto. Una tuta forse di poliestere l'avvolgeva interamente, inclusa la testa, raccogliendone i capelli. Restò immobile per un secondo, fissandosi le mani bianche, che si mimetizzavano, quasi scomparendo, nel bianco delle pareti, del pavimento, del soffitto. Sgranò gli occhi, voltandosi lentamente. Osservò, sforzandosi, intorno a lei, il nulla bianco.

I suoi contorni quasi si mescolavano alla dimensione bianca, annullandosi.

«NON VOGLIOO, RIPORTAMI IN UFFICIO!»

Le parole rimbalzarono sul bianco delle non pareti bianche.

Attese un minuto che cambiasse la dimensione, non accade nulla.

Una voce si avvicinò, come un suono modulato, forse erano parole.

Ascoltò immobile.

«Perdonami»

Strizzò gli occhi, cercando di mettere a fuoco, temeva di muovere un passo, di cadere, la sensazione di essere sospesa stava montando nel panico.

Scorse indistinta una sagoma, interamente rivestita di sostanza bianca riflettente, lievissimo il chiaro scuro di quella che appariva come il contorno di una bocca. La sagoma era interamente confusa con la dimensione monocolore.

«Chi sei?»

«Lo sai»

«NO CHE NON LO SO, CAZZO! TI PARE CHE LO SO CHE MI TROVO QUI IN QUESTO CESSO ED ERO NEL MIO UFFICIO!»

«Sono Francesco»

«RIPORTAMI SUBITO DOVE MI HAI PRELEVATO»

«Non posso, sono nella tua mente, una tua proiezione, le tue paure, la tua angoscia, dipende da te, non da me»

«NON E' VERO! FETENTE, RIPORTAMI SUBITO»

«Ricordati il sogno lucido è la manifestazione dei tuoi desideri, ora tu puoi dominarlo e ricreare una nuova realtà per il subconscio»

Si calmò, il cuore batteva accelerato nel petto, le vertigini le facevano girare la testa, temeva di svenire.

«Parlami»

«Decidi un'ancora, richiamala a te se hai bisogno di tornare o modificare il sogno»

«Un'ancora?»

Silenzio.

Si sforzò di distinguere se il chiaro scuro nel bianco di quella che appariva una bocca, si stava muovendo.

«Un'ancora» era un lieve sussurro.

«SVEGLIAMI ENRICO! SVEGLIAMI ENRICO, SUBITO! RIENTRA IN STANZA, TOCCAMI IL BRACCIO E SVEGLIAMI»

«Non funziona così, non è nella realtà, ma nel sogno…ora devo andare, ti amo»

«NOOOOOOOOOOOOOOOOO NON MI AMIIIIIIIIIIIIIIIIIIIIII»

Le lacrime uscirono velocemente e scomparvero nel bianco.

«QUALCUNO MI AIUTIIII FATEMI USCIRE DA QUIIIII»

Udì un rumore. Dei passi.

Era Michele, vivo, lui, con i suoi contorni delineati, in tre dimensioni.

Aveva le gambe funzionanti, camminava verso di lei.

«AIUTAMI, TI PREGO»

«Sarà bellissimo, vedrai, ora ti riporto e saremo felici insieme, mia dea»

«Sìì, ti prego, fammi uscire da qui» allungò le braccia per toccarlo e ancorarsi a lui. Ma era incorporeo.

«NOOOOOOOOOOOOOOOOOOOOOOOOOOOOOO»

Singhiozzi violenti la colsero.

«Claudia, Claudia, su tirati su, hai chiuso tutte le posizioni?» era Enrico, lo mise a fuoco. Chino si di lei, la stava scuotendo.

«Enrico…»

«Stavi mugugnando assopita, tesoro tutto bene?»

Claudia si osservò le mani, le portò al volto, si accarezzò, poi le fece passare sui capelli.

«Non stai bene Claudia, ti prego, dimmi cosa accade, io ti sono amico, ti voglio bene»

«Enrico, per favore lasciami in pace ora, vado a casa, ho bisogno di una doccia calda, torno per le 12, ho appuntamento con l'Avvocato»

Si alzò, le premure di Enrico la infastidivano.

«Ok come vuoi» asciutto.

Si alzò velocemente, doveva vedere Francesco, parlare con lui, era fondamentale capire come dominare quella situazione per trarne vantaggio al meglio senza ripercussioni.

Si diresse al bar. Lui non c'era. Deviò verso casa sua.

Bussò più volte, non rispondeva. La porta era di quelle di legno, basiche, con una maniglia di ferro essenziale a forma di elle rovesciata, provò ad abbassarla, la porta cedette e si aprì.

Le tapparelle erano abbassate, la casa era avvolta nella penombra. Si fermò sulla soglia in modo che gli occhi si abituassero al buio.

Lo vide immerso nella poltrona della sala, con la testa penzoloni sul corpo. Fece un passo silenzioso verso di lui, osservando la sua scarpa che si muoveva lentamente nel movimento. Dalla punta scolorò e deviò verso il colore bianco, raggi concentrici s'irradiarono da essa per colorare di bianco lo scenario davanti a lei. Si fissò le mani intimorita e in allerta. Non aveva già più le dita, né i polsi, né gli avambracci. Erano bianchi nel bianco. Lo stesso Francesco stava scomparendo.

«Sei tu maledetto, ti ammazzo»

Cercò di muovere un altro passo nella non dimensione, ma le vertigini e il panico la fecero desistere. Rimase fuori da esso solo il volto.

«SEI TU! TI AMMAZZO! MI SENTI! RIPORTAMI SUBITO!»

Silenzio.

Girò di 90 gradi il volto a destra e sinistra, il bianco era intorno a lei, sopra di lei, sotto di lei, sicuramente anche dietro di lei. Si immobilizzò e attese.

«Sono qui, eccomi» era la voce di Francesco, non comprendeva da dove provenisse il suono, forse da ovunque, dal bianco.

«Perché mi fai questo» non era una domanda, ma una desolante constatazione.

«Non è intenzionale, Claudia, io ti amo, è il paradigma, non posso fare che così, i miei geni sono impregnati da questo, da anni d'inconsolabili fallimenti. Devo fallire, i miei geni sono istruiti così. Ho provato in ogni modo a riscrivere il mio subconscio, ma fallisco, perché il paradigma è discorde»

«Francesco, posso morire qui?»

«Sì»

«E quindi muoio anche nella realtà?»

«Credo di sì»

«Ora cosa mi fai?»

«Ti rendo mia schiava oppure ti faccio impazzire»

«Sono tua schiava, è evidente, ma fammi tornare nella mia dimensione, toglimi questo bianco»

Una lacrima le sfuggì furtiva.

«Una cosa alla volta, non lo desideri ancora davvero»

«Ti giuro Francesco che lo desidero davvero, ti prego, è insopportabile, mi sembra di cadere, di essere sospesa, ho le vertigini, mi prende il panico, ti prego, fammi vedere almeno il pavimento»

«Una cosa per volta»

«Ok»

«Mi piaci remissiva, mi viene duro sai…»

Un conato salì alla gola di Claudia, la bile acida le inondò la bocca.

Ricacciò i succhi gastrici in gola.

«Dove sei non ti vedo, ti sento, ma potresti essere dappertutto»

«Mangia»

«Cosa, non vedo niente eccetto il bianco»

Davanti a lei, un piatto bianco con del riso bianco al suo interno e una forchetta di plastica bianca comparvero davanti a lei, all'altezza delle sue mani.

«Mangia»

«Non vedo le mie mani, non so se riesco a prendere in mano la forchetta»

«Mangia, ce la fai»

Allungò quella che doveva essere una mano, appena toccò la forchetta assunse un lieve chiaro scuro e poté distinguerne i contorni.

Prese una forchettata di riso e la portò alla bocca.

Le saliva il vomito, ma ficcò la forchetta in bocca e masticò lentamente. Il riso era caldo, lievemente insaporito con il burro, emanava l'odore dell'amido e del vapore.

Inghiottì.

«Fatto»

«Brava, ora togliti i vestiti»

«Ma non li vedo e tu non mi vedi, che senso ha»

«Ha il senso di obbedire al comando, te l'ho detto mi viene duro, me l'ho sto accarezzando, penso di venirti addosso e di spalmarti il mio seme sul culo che non sono stato ancora in grado di deflorare»

Claudia inghiottì ancora, a vuoto.

Il terrore incontrollato stava montando dallo stomaco fino alla gola.

«Ok, mi spoglio, ma se mi fai vedere il mio corpo anche per me è eccitante»

«Hai ragione, spogliati, ti permetto di godere, è da tanto che non godi, vero? Con un vero uomo»

«Sì è da molto, hai ragione», atona.

Portò le non mani all'altezza di quello che avrebbe dovuto essere il maglioncino di misto lana dal collo alto che aveva indossato la mattina. C'erano, ne percepiva la consistenza sui polpastrelli, la lana era morbida ma leggera, intrecciata finemente con le macchine industriali. Lo afferrò e lo portò sulla testa, sfilandolo.

Sotto aveva indossato un reggiseno sportivo, ma non poteva vederne i contorni la sua figura era ancora avvolta nella monodimensione.

«Ti prego, vorrei masturbarmi anch'io, se mi aiuti, mi tolgo i jeans, sono eccitata, ho voglia di te, Francesco»

«Lo sapevo che eri una vacca, in fondo»

Claudia poteva percepire il silenzio della sua riflessione, trattenne il respiro.

«Non ci casco, sei una fottuta bagascia, tu vuoi solo che io ti liberi, no cara mia! No, capito no, non sono un fottuto babbeo, NON SOO UN FOTTUTO BABBEO! NON CI CASCO, IO!»

«Non capisco a cosa ti riferisci, era per divertirci entrambi e poi io non penso che tu sia un fallito, anzi hai avuto un'idea favolosa! Anche oggi abbiamo guadagnato tantiss»

«SMETTILA, SMETTILA, CAPITO SMETTILA!»

«Vuoi sapere quanto abbiamo guadagnato? Quanto tu hai gua»

«SMETTILLLAAAAAAPUTTAAAANNNAAAAA SPOGLIAAAATTIIIII»

La fronte di Claudia s'imperlò di sudore, il panico le impedì il respiro per qualche secondo.

«Ok, Francesco, certo»

S'impose di respirare più lentamente. S'impose di dominare la paura.

A tentoni portò le mani alla vita, trovò nel bianco uniforme il bottone dei pantaloni di cotone, lo slaccio. Poi prese le due estremità e le calò lentamente lungo i fianchi, nel frattempo respirava come se stesse defaticando dopo una corsa serrata o un'apnea o dopo aver sollevato un grosso peso.

Lentamente.

Respira.

«Ecco, brava. Tu non ti vedi ma io ti vedo, sei proprio una figa»

Tolse i mocassini, sfilò i pantaloni. Aveva paura di perdere l'equilibrio, un vuoto bianco era sotto di lei, di fianco a lei, sopra di lei.

Lei era entrata nella stanza, Francesco stava dormendo, ma lei era sveglia, aveva guidato, lei non stava dormendo. Lui era nella stanza, nella poltrona. Lei era nella stanza, ritta all'entrata e da lì non si era spostata. Chiuse gli occhi strettamente.

Il bianco non c'è.

Il bianco non c'è.

IL BIANCO NON C'E'.

Serrò gli occhi, mosse un piede, abbozzando un passo incerto nel vuoto.

Appoggiò il piede un passo avanti sul pavimento di linoleum. Era solido, era il pavimento zozzo, incrostato e puzzolente che aveva visto milioni di entrate in quella stanza. La poltrona con Francesco assopito, davanti a lei, nel buio. Francesco nel buio che dormiva.

Era in biancheria, una biancheria sportiva per fortuna, scalza.

E aveva un vantaggio. Francesco se ne era accorto?

Osservò silenziosa la stanza. Tutto era immobile e silenzioso.

Brooke Shields le strizzò l'occhio dalla parete.

Si avvicinò a lui silenziosamente.

Gli arrivò sopra, troneggiando sulla sua figura sprofondata nella seduta rotta della poltrona vecchia di pelle.

La testa penzoloni, le braccia molli abbandonate sulle gambe.

Gli afferrò un polso e poi l'altro con ambo le mani.

Sotto i polpastrelli sentì qualcosa di ruvido che la mise in guardia.

Erano croste di sangue.

Gli tirò su la manica della maglietta di cotone per bene.

Aveva grossi e lividi segni ai polsi che correvano per tutta la circolarità dello stesso, in alcuni punti la pelle era stata abrasa e presentava vistose croste di sangue rappreso.

La sorpresa le raggelò il sangue e i movimenti.

Osservò il lembo di pelle che compariva dal colletto della maglietta all'attaccatura dei capelli. Nel buio era difficile distinguerlo ma appariva come un grosso livido blu sulla pelle bianca, molto simile al suo. Come se una corda avesse tentato di strangolarlo.

Si allontanò.

«Dagli un bacino, si sveglia...» era Brooke, dal poster, con voce mielosa.

«E' come tutti i bambini, se gli dai i bacini nei punti giusti, si svegliano»

NOOOOOOOOOOOOOOOOOOOOOOO

«Sono nel sogno. Sono nello stronzo sogno di merda»

Vide il piatto bianco del riso, appoggiato apparentemente per caso sul tavolo, vicino a lei, era ancora pieno di riso fumante.

Lo prese con entrambe le mani, la stanza stava fumando al bianco nuovamente, aveva poco tempo. Doveva capire.

Batté violentemente la ceramica del piatto sull'angolo del tavolo.

Il riso si sparse per terra, insieme ai cocci della ceramica. Due lunghi pezzi appuntiti le rimasero in mano. In punta di piedi, allontanandosi veloce dal bianco, si avvicinò a Francesco.

Piantò il primo nella sua mano mollemente adagiata in grembo. Il sangue schizzò sul suo volto.

Si pulì col dorso. Non si muoveva, non si destava.

Era di nuovo nel bianco, Francesco fu risucchiato insieme alla poltrona, alla sua mano ferita, al coccio incastonato come una perla nella pelle sanguinolenta.

S'immobilizzò. Le sue gambe scomparvero, il suo busto, il suo seno, le braccia e i polsi e una mano. L'altra rimase davanti a lei per un secondo ancora, una larga ferita si priva sul dorso, sgorgava sangue copioso, arterioso, uno squarcio obliquo aperto dal nulla che zampillava come una piccola fontanella.

E piano piano in assenza di dolore fu inghiottita anche l'ultima falange.

«SVEGLIATI SUBITO»

«Sai che non ci sveglieremo mai più»

La voce di lui era tornata, un chiaro scuro davanti a lei, d'imponente grandezza.

«NOOOOOOO NON E' VERO MALEDETTOOO»

«Mi hai ferito, puttana» la sua voce era atona.

«Dovevo proteggermi, voglio svegliarmi, guadagnare ancora, sai quanto hai guadagnato oggi?»

«Non m'interessa qui»

«385.070,00 $»

«Vedi ora m'interessa che riprendiamo il nostro gioco»

«Ok, faccio quello che vuoi. Io do a te, tu dai a me»

«Non puoi chiedere nulla. Io ti comando, tu sei un granello, io un Dio»

«Ok, ok dimmi e lo faccio»

Il bianco era ritornato intorno a lei, sopra, sotto, di fianco, dietro, le coordinate erano azzerate, era sospesa. Immobile. La vertigine stava divenendo insopportabile.

«Ti prego, dimmi. Mi spoglio? Mi metto un dito nella figa? Uno nel culo? Come ti piace? Io lo faccio»

«Sì togliti tutto e allargati le gambe»

«Non posso, non mi muovo, cado altrimenti, non posso muovermi»

«Spogliati intanto poi ragioniamo del resto»

Respirava affannosamente, si costrinse a rallentare, inspira, espira, inspira, espira.

Inspira, espira, inspira, espira, inspira, espira.

«Esiste un prodotto finanziario che supera il paradigma del rialzo e del ribasso, che supera il paradigma del fallimento e della perdita»

Intanto portava le mani agli slip, li incontrò, di cotone, con un elastico morbido, li allargò sui fianchi e li fece scivolare.

«Brava»

«Questo prodotto sono le Opzioni, dei contratti specifici di assicurazione del capitale, nello specifico le Opzioni Vanilla, sia che il mercato sia in posizione long o short, con le Opzioni Vanilla, guadagni sempre»

Fece andare le mani sulla sua schiena, slacciò il reggiseno sportivo e lo fece scivolare dalle braccia.

«Come sei bella, eccitante, raccontami»

«Con le Opzioni Vanilla, quando non sei sicuro dell'andamento, puoi sempre trovare rifugio, quindi superano il paradigma con la loro incredibile versatilità, perché sempre tutti nel mercato avranno necessità di assicurazioni, di protezione»

«Ora toccati, anche da ferma, metti una mano intera nella tua fessura, io ti vedo»

«Sia che il mercato abbia velocità oppure che langua, le Opzioni Vanilla guadagnano sempre»

«Stai godendo vero? Io sì, moltissimo, è di marmo!» la sua voce ansimava vistosamente.

«Sì certo, l'unico parametro variabile per questo incredibile strumento finanziario è il tempo»

«Sto venendo, ora mi avvicino, ti voglio venire addosso, dentro di te, sarebbe un sogno» rise piano.

«Il tempo di sviluppare interessi, il tempo di capire come sfuggire al paradigma»

Francesco si era avvicinato, la voce si stava avvicinando, non era stereofonica ma monodirezionale. E la direzione era la sua.

Claudia buttò un occhio su quella che forse era la sua mano, nel bianco. Eppure sentiva che in pugno stringeva qualcosa. Qualcosa d'importante.

Francesco le stava alitando contro, sentiva il calore delle parole che uscivano da quel chiaro scuro che era la sua bocca. Un alito caldo, maleodorante.

«Sei bellissima, la tua figa bagnata è un'oasi, finalmente sei mia»

Il coccio di ceramica appuntito è nella tua mano destra.

Poni fine.

«Quindi la prima volta, io acquistai 10.000 contratti di Opzioni Vanilla, perché non mi fidavo di te»

Diresse il coccio a quella che doveva essere la sua gola.

Poni fine.

PONI FINE.

FINE.

Conficcò il coccio acuminato nella sua giugulare, il sangue schizzò ovunque.

Sul chiaro scuro di Francesco.

Sul suo volto che diventava esangue.

«COSA HAI FATTO!? PAZZA!»

«Sggrrrrr»

Claudia cadde nel bianco che sfuocava, che riverberava, che si colorava dei colori della stanza abbruttita dalla solitudine di Francesco. Nella penombra.

Cadde nuda sul pavimento con un coccio conficcato in gola.

Su quel pavimento lurido.

Sul collo di Francesco, sprofondato nella poltrona si apriva una larga e profonda ferita. Sulla maglietta una pozza di colore rosso ingigantiva alimentata da un piccolo fiume venoso.

Il corpo di lui fu scosso da piccoli colpi nervosi, stava entrando in aritmia.

Claudia, socchiudeva gli occhi, voleva morire con gli occhi chiusi per fermare un'ultima immagine benefica.

Le dita toccarono il coccio conficcato. Bagnato dal suo sangue. La vita se ne andava. Aveva sempre desiderato una Ferrari e di visitare l'Islanda.

Sei in sogno, ora ti risvegli. Ti risvegli nel tuo letto. Non è accaduto nulla. Questa giornata è un sogno. Sei rimasta a tre giorni fa. Francesco e questa stanza putrida e quello stupido poster non sono mai esistiti per te. E' un sogno. Ti svegli nel tuo letto.

E' UN SOGNO. TI SVEGLI NEL TUO LETTO. TI COMPRI UNA FERRARI. VAI IN ISLANDA.

Capitolo decimo

«Da quanto tempo non vede la Signorina?»

Enrico si fissò le mani conserte.

«Tre giorni e le assicuro che non è da lei»

Il Tenente di Polizia era ligio ma monotono, un ragazzo imberbe con poca esperienza.

«Potrei parlare con un suo superiore?»

«Prima prendiamo la denuncia di scomparsa, poi vedremo, quindi, quando è stata l'ultima volta che l'ha vista? Che le ha parlato?»

«In ufficio, era agitata, tre giorni fa. Giovedì scorso. Doveva rientrare per un appuntamento alle 12,00, che ha mancato. Non si è presentata venerdì e ho immaginato volesse riposare, ma non ha avvertito. L'ho chiamata diverse volte al telefono ma è sempre spento. Sono stato a casa sua e non mi risponde, non mi apre, quindi, capirà, mi sono preoccupato»

«Ha parenti?»

«No nessuno che io sappia, genitori morti, non ha il ragazzo, non ha amiche, che io sappia. Lavora, studia, nessun animale, insomma, andate al suo appartamento?»

«Sì ci andremo»

«Vuole l'indirizzo?»

«Sì certo, me lo dia»

«Viale della Repubblica numero 23, in pieno centro a Milano. Quinto piano»

«Sì sì va bene, grazie. Mi dia anche il cellulare, proveremo a telefonarle»

«347984637»

«Ottimo, lei può andare, firmi la deposizione e vada pure»

Enrico si alzò, lesse rapidamente la sua deposizione, venti righe anonime dove dichiarava che Claudia Minghelli non si era presentata al lavoro»

«Scusi non mi serve che la richiamino per assenteismo ma che la cerchiate. Non è da lei!» aveva alzato la voce.

«Signore si calmi, faremo il possibile come da procedura, ora può andare, la ringraziamo per la sua collaborazione»

Enrico osservò un minuto il ragazzino in uniforme e prese la porta.

Rifletté che non sapeva nulla di lei, forse alla fine avevano ragione loro, inutile darsi pena, forse aveva conosciuto qualcuno su qualche piattaforma d'incontri ed era scappata per un week end.

Aprì l'ombrello e si diresse alla macchina, una pioggia insistente bagnava le strade di Milano. Sarebbe tornata presto.

D'altronde dove poteva trovare un lavoro come il loro, così denso di emozioni?

Indice

UNA VITA DI STELLE LIBRARY
Gruppo A.V. Italia S.r.l.
Partita iva 03624001206
COPYRIGHT FRANCESCA TERRAZZINO

EDITO 16 AGOSTO 2022, BOLOGNA

Finito di stampare novembre 2022

Prezzo di copertina 12,50 euro

Della stessa autrice

Noi fantasmi che ascoltiamo solo il nostro passato (2003)

Equilibrio liquido (2019)

Tacite assonanze (2021)

Nero rosso bianco sangue (2022)